살아 있다면 저질러라

살아 있다면 저질러라

초판 1쇄 발행 | 2012년 7월 5일

지은이 정보경
발행인 이대식

편집주간 김세권
편집진행 최하나
마케팅 윤여민
디자인 모리스

주소 서울시 종로구 평창동 437-6(우편번호 110-848)
문의전화 02-394-1037(편집) 02-394-1047(마케팅)
팩스 0505-115-1037(02-394-1029)
홈페이지 www.saeumbook.co.kr
전자우편 saeum98@hanmail.net

발행처 새움출판사
출판등록 1998년 8월 28일(제10-1633호)

살아 있다면 저질러라

정보경 지음

새움

난 천사야, 난 악마야
가끔 난 둘 사이이기도 해
난 엄청나게 나쁜 애이기도 하고
엄청 착한 애이기도 해
가끔 난 무수한 색깔이기도 해
가끔 난 검은색과 흰색이기도 하지
난 정말 극단적이야
날 알아내려고 하지만 넌 절대 못 알아낼 걸
나한텐 정말 많은 면들이 있으니

난 특별해
난 아름다워
난 멋져
난 강해
멈출 수 없어
가끔 난 초라해
가끔 난 가여운 애이기도 하지
난 모든 해답들을 알아냈어
난 아무것도 알아내지 못했어
난 내 자신이 되고 싶어

_Hilary Duff, 〈I am〉 중에서

차례

프롤로그   1 0

PART 1
아르바이트에 미치다

삐라에 눈이 번쩍!   1 6
저…… 삐라 아르바이트하게 해주세요   2 0
눈 빠질 뻔한 강화대교의 아르바이트   2 3
꽃 사세요! 꽃 사세요!   2 7
떡 사세요~ 떡 사세요~   2 9

PART 2
아이돌에 미치다

신화 오빠들이 좋아   3 4
오빠들을 볼 거야, 내 두 눈으로 직접!   3 9
나는야 주황색 모으는 빠순이   4 4
신화 오빠들, 날 기억해 주세요   4 7

PART 3
아이돌이 되고 싶어서 미치다

내 인생의 첫 무대   5 4

노래를 부르기 시작하다   5 7

오디션 프로그램에 도전!   6 1

공부 VS 오디션 = 선생님 VS 아빠   6 4

보충수업 빼먹기 프로젝트   6 7

가수가 아니면 안 돼!   7 3

아빠 꿈은 PD, 내 꿈은 아이돌!   7 8

데모 테이프 만들기   8 2

기획사 오디션…… 낙방, 낙방, 또 낙방   8 7

드디어 나도 기획사 연습생!   9 1

PART 4
멀어지는 꿈 때문에 미치다

목욕탕에서의 단독 공연   9 6

왜 나의 섹시함에 배꼽 잡는 거니?   9 9

무당 아줌마의 말에 펑펑 울다   1 0 2

동대문에서 사주를 보다   1 0 5

연예계…… 정말 허황된 꿈일까?   1 0 7

PART 5
공부에 미치다?

법에 눈뜨다   1 1 2

커피에 중독된 고3   1 1 6

팬클럽의 귀환   1 1 8

초단기 수능 등급 올리기 작전   1 2 1

수능, 그날 이후   1 2 9

PART 6
공부에 미치다!

대학이 전부는 아니잖아   1 3 6

나의 새로운 목표, 법무사   1 4 1

신림동 고시촌에는 없는 게 없다   1 5 2

고시촌의 동거녀들   1 5 8

고시촌 정복기   1 6 4

고시촌에서 맞이한 스무 살   1 7 1

2009년 나의 '기득권 시절'   1 7 5

서울대 도서관에서 공부하다   1 8 1

나도 흩날리는 벚꽃이고 싶어라   1 8 4

끝까지 버티는 자가 웃는다   1 8 7

돌아이가 되어가는 스스로의 마음 다스리기　　　191
2011년의 마지막 스터디　　　198

PART 7
합격, 끝이 아닌 시작

결과를 기다리는 시간　　　204
헐! 합격이란다!　　　210
텔레비전에 내가 나오다니!　　　219
법무사 인생 출발　　　225
여성 법무사회에서 봉사활동을 시작하다　　　229
다른 사람에게 기쁨을 주는 사람　　　232
정보경 법무사 사무소를 열다　　　235

에 필 로 그　　　240

스물네 살이란 어린 나이에 책을 쓰는 건 정말 영광이 아닐 수 없다. 출판사와 계약을 하고 집에 오는 길, 엄마는 우리 딸이 책까지 쓰게 되었다며 기어코 눈물을 흘리셨다. 내가 살아온 23년이 엄마의 눈물샘을 건드렸을 것이다. 나의 지난 인생이 나름 우여곡절이 많기는 했지만, 그렇다고 눈물까지 보이다니, 못 말리는 우리 엄마…….

23년 동안 나는 단 한순간도 '나'를 놓지 않았다. 뭐가 그렇게 신났는지 방학 때만 되면 단짝 친구와 아르바이트를 하느라 정신이 없었고, 가수 신화 오빠들에 미쳐서 '빠순이' 생활도 했고, 고등학교에 입학해선 나를 억압하는 규율 때문에 숨이 막혀 선생님한테 대들기도 했다. 그러는 동안에 '가수'라는 꿈을 키우며 여러 기획사에 오디션을 보러 다니기도 했다. 그리고 고등학교 졸업 후 지난 4년, 나는 '대학생'이 아닌 '수험생'으로 살았다. '법무사'라는 내 목표를 이루기 위해 공부, 또 공부에 매달렸다.

나는 남들 다 하는 그 흔한 대학 생활 한번 해보지 못했다. 친구들이 엠티 간다며 "뭐 입을까? 화장은 어떤 스타일로 하지?" 하며 설레어 할 때, 난 신림동 고시촌 독서실에 있었다. 목에 베고 자면 딱인 두께의 법서를 보면서 "아, 왜 법은 다 한자로 돼 있는 거야?" 투덜대며 옥편을 찾느라 끙끙댔다. 신림동 고시촌에서 서울대학교 학생들이 대학 잠바를 입고 술 마시고 있을 때, 그 옆을 지나가며 속으로 울어야 했다.

연애……. 나도 내 또래의 풋풋한 대학생들과 캠퍼스 커플 같은 것도 해보고 싶었지만 포기했다. 친구들이 남자친구와 감정싸움하며 고민하고 힘들어 할 때, 나는 학원에서 은근히 치근대는 능글맞은 장수생 아저씨들 맞받아쳐 주느라 힘들었다.

나와 그들은 엄연히 다른 별의 사람이라 생각해서 내 또래 친구들과 일 년 동안 연락 한 번 안 한 적도 많다. 나는 솔직히 사람들과 어떻게 말하고, 상대방을 어떻게 대해야 하는지 잘 모르겠다. 내가 성격이 특이한 건지, 아니면 많은 사람들을 못 만나봐서인지는 모르겠다. 법무사 시험에 합격한 뒤로는 그나마 사람들과 어울릴 자리가 많아졌다. 다행인 거겠지?

어제는 그만, 내 속의 무언가가 툭 끊어졌다. 술에 취해 집에 걸어오는데, 왠지 모를 허전함에 길에서 창피한 줄 모르고 눈물 콧물 쏟으며 엉엉 울고 만 것이다.

내게 남은 게 뭐가 있는 거지? 음…… 법무사 자격증…… 그리고 초등학교 때부터 친했던 몇 명의 친구와, 고시촌에서 사귄 몇몇 시험 동기들과의 협소한 인간관계……. 그뿐이라고 생각하니 갑자기 내 자신이 처량해졌다. '나는 왜 이렇게 힘들게 살았지? 아니, 세상은 왜 날 이렇게 힘들게 하는 거야?' 하면서 말이다.

그러고 보면 나는 나를 위해 많은 것을 포기했다. 내가 생각해도 나는 좀 피곤하게 산다. 하나에 꽂히면 그것을 향해 질주하는 나란 사람. 이렇게까지 하는 나를 주위 사람들은 이해하지 못해 혀를 내두르곤 한다. 나 또한 내 자신을 보며 안쓰러울 때도 있다. 하지만 대학을 안 간 것도 다 내 선택인 걸 누구 탓을 할까. 다 내 고집에서 나온 걸 어찌하랴. 내가 마음이 급해서, 나는 한 번에 하나밖에 할 줄 모르는 단순한 사람이라, 나는 나를 희생했다. 지난 4년, 나는 공부만 했다. 나의 감정, 나의 잡념을 조금씩 지웠다. 원하는 목표를 이루기 위해 그것에 집중하려면 그 외의 모든 것들을 지워가야만 했다. 나는 그저 남들보다 조금 더 빨리 내 목표에 도달하고 싶었을 뿐이다. 이제는 이렇게 사는 나란 사람을 그냥 받아들이기로 했다. 슬퍼도 내 인생이고, 기뻐도 내 인생이니까.

사람들은 행복한 삶을 살기 위해 선택의 기로에서 끊임없이 고민하고 갈등한다. 오늘 내가 이것을 하면 내일 이것 때문에 힘들지 않을까, 실패하지는 않을까 두려워한다. 하지만 자기 자신에 대한 믿음이 확고하게 자리 잡혀 있는 사람이라면, 무언가를 도전해야 할 때 두려움에 멈칫하기

보다는 그것을 준비하면서 차근히 계획하고 그 계획을 실행에 옮기기 위해 노력한다.

그런 근거 없는 자신감은 어떻게 생기는 거냐고 사람들은 내게 묻는다. 글쎄, 자신감은 원래 근거가 없는 게 아닐까. 우리는 살면서 끊임없이 도전하고 실패를 경험하게 된다. 그러다 작은 성공을 이룰 때면 행복해 하고, 좀 더 큰 목표를 꿈꾸기도 하고. 그런 과정 속에서 자신에 대한 믿음이 조금 더 단단해지는 게 아닐까. 도전하고, 실패하고, 때로 성공하면서 나약하고 어렸던 자신의 모습은 어느새 몰라보게 강해져 있는 것이다.

눈물 젖은 소주를 먹지 않은 자와 인생을 논하지 말라는 말을 들은 적이 있다. 여기 눈물 젖은 소주 대신 눈물 젖은 아메리카노를 마시며 23년을 뜨겁게 살아온 한 여자의 이야기를 쓰기 시작한다. 아름답고 소중한 사람들이 내 삶의 이야기를 들으며 한 편의 드라마를 보듯이 같이 웃어주고, 울어주며, 공감해 준다면 참 좋겠다.

2012년 여름의 시작, 정보경

PART 1
아르바이트에
미치다

삐라에 눈이 번쩍!

나는 어릴 때부터 지금까지 쭉 인천 서구에 살고 있다. 인천 서구 당하동인 이곳은 지금은 드문드문 아파트가 들어서 있지만, 내가 어렸을 적엔 광활한 논밭이 끝도 없이 늘어져 있을 만큼 시골이었다. 뒷산 너머에는 수많은 공동묘지들도 있었다. 이 동네에는 원래 사료 공장 등이 많았고, 시골에서나 볼 수 있는 낡은 한옥들도 많았다.

초등학교 4학년 때 이곳으로 이사 왔는데, 내가 이사 온 아파트가 이곳에 제일 처음 들어선 아파트이다. 그 후 몇 개의 아파트가 더 생기면서 도시에서 친구들이 전학을 왔다. 내가 다니게 된 인천 백석초등학교는 처음에는 한 학년에 반이 한 개일 정도로 작은 곳이었다. 하지만 점점 도시에서 전학 온 아이들이 늘어났고, 결국 나중에는 그 많은 아이들을 수용하기엔 학교 건물이 터무니없이 작아서 컨테이너 박스를 임시 건물로 사용해야 했다.

학교 정문을 지나 조금 걷다 보면 늠름한 장군 동상이 버티고 있었다. 여느 학교처럼 우리 학교에도 괴담이 있었는데, 바로 이 장군이 밤마다 학교를 돌아다닌다는 것이었다. 문제는 이 장군 동상이 내가 집으로 돌아가는 길목에 있다는 것이다. 처음에는 친구도 없어서 혼자 후다닥 장군 동상을 지나, 뒷산을 넘어 집으로 오곤 했었다.

그러던 어느 가을. 뒷산은 이제 은행나무들이 노란빛을 한참 내뿜고 있었다. 그날도 학교를 마치고 집으로 가기 위해 장군 동상을 지나 뒷산을 뛰어가고 있었다. 그런데 노란 나뭇잎들 사이로 유독 눈에 띄는 것이 있었으니, 그것은 다름 아닌, 말로만 듣던 새빨간 삐라가 아닌가! 순간 삐라를 경찰서에 갖다 주면 학용품을 준다고 했던 윤미네 언니의 말이 떠올랐다. 내가 사는 곳이 휴전선에서 멀지 않은 지역이라 종종 삐라가 북한에서 넘어왔던 것이다. 갑자기 내 눈은 노란 잎들 사이에 숨은 빨간색의 종이를 찾기 위해 번뜩였다. 무서운 장군 동상도 잊고 온 뒷산을 뒤졌다. 그런데 그때나 지금이나 덜렁거리고 어설픈 건 어쩔 수 없나 보다. 아무리 찾아도 처음에 우연히 찾은 한 장의 삐라 외에는 더 발견할 수가 없었다.

그렇게 몇 시간이 지났을까. 어느덧 날이 어두워졌고, 삐라도 못 찾고 지칠 대로 지친 상태에서 누가 나를 쳐다보는 듯한 느낌에 고개를 들었다. 아, 장군 동상이 날 지그시 노려보고 있는 게 아닌가! 그제야 다시 무시무시한 장군 동상의 괴담이 떠올랐다. 삐라에 정신이 팔려 까먹고 있었던 그 괴담. 난 한 장의 삐라를 손에 꼭 쥐고 집까지 냅다 뛰었다.

'그래, 한 장이 어디야? 내일 다시 찾아봐야지!'

삐라 열 장을 모아서 경찰서에 갖다 줘야겠다고 마음먹은 나는 다음

날 학교에 가서 아이들에게 내가 찾은 삐라를 열심히 자랑했다. 그러나 아이들은 놀란 기색 하나 없었다. "넌 겨우 한 개니?" 하며 다들 서랍에서 여러 장의 삐라를 꺼내어 놓는 게 아닌가! 심지어 남자애들은 그것으로 딱지를 접어서 딱지치기도 하고, 여자애들은 종이학를 접어 좋아하는 남자아이에게 선물하기도 했다.

그런데 바로 그날, 삐라가 우리 교실을 점령했던 그날, 어김없이 새로운 친구가 전학을 왔다. 그즈음 우리 학교는 하루에 한두 명씩 전학 오는 일이 다반사였고, 그 아이들은 전학 온 순서대로 왕따 당하기 일쑤였다. 그것은 통과의례와도 같은 것이었다. 나 역시 예외가 아니었다. 나는 숫기도 없고 말도 없는 조용한 성격이라 아이들과 잘 어울리지 못하고 있었다. 그러던 중 나와 비슷한 친구가 전학을 온 것이다. 김진영, 조용한 분위기의 전학생.

그날 오후, 난 여느 때처럼 혼자 무서운 장군 동상 옆을 지나고 있었다. 삐라를 찾아볼까, 무서운 동상을 그냥 지나칠까 망설이는 찰나, 진영이가 이쪽으로 오고 있었다.

'어? 우리 반 전학생이잖아. 말이라도 걸어 볼까?'

내가 망설이는 사이, 진영이는 내 눈에는 안 보이는 삐라를 잘도 찾아서 주머니에 넣고 있었다. 그렇게 노란 뒷산에서, 무시무시한 동상 옆에서, 하굣길 우리의 만남은 시작되었고, 우리는 최고의 단짝 친구가 되었다. 삐라를 찾아다니는 조용한 초등학생들. 그렇게 우리의 소소한 아르바이트 사업은 시작되고 있었다.

까치 살던 남산에 뿌려진 삐라
주우러 가면 간첩과 Killer보다
무서운 홍콩 할매와 또 마주칠라
순수했던 그때 wanna go back & chill out

_Side-B, 〈시골길〉 중에서

저······ 삐라 아르바이트하게 해주세요

중학교 1학년 겨울방학. 진영이와 나는 북한발 삐라가 아닌, 남한발 삐라 사업을 시작하기로 했다. 그러니까 전단지 아르바이트에 도전! 경력(?)도 있겠다, 만만해 보였다. 우리는 딱풀, 물풀을 종류별로 준비하고 집에 돌아다니는 면장갑을 가지고 나왔다. 일을 하려면 먼저 우리에게 일감을 주는 곳을 찾아야만 했다. 당시만 해도 인터넷 검색이 지금처럼 활성화되어 있지 않았을 때라 직접 가게를 찾아다녔다. 무작정 가게에 들어가서 말을 붙이는 건 조금은 창피한 일이었다. 그래도 일을 해야겠다는 생각으로 나는 용기를 냈다. 제일 먼저 방문한 곳은 치킨집.

문 앞에서의 망설임을 이겨내고 나는 치킨집 문을 확 열었다.

"안녕하세요. 혹시 전단지 알바 안 구하시나요?"

떨리는 마음을 누르고 짐짓 호기롭게 말을 꺼냈지만 역시나 우린 나이가 너무 어리다며 거절당했다. 그렇게 두 시간쯤을 돌아다녔을까. 마침

내 우리를 받아주는 곳을 찾았다. 작은 치킨 가게였는데, 아저씨는 우리를 안쓰럽다는 듯 보며 말씀하셨다.

"얘들아, 이 많은 아파트 현관에 전단지를 일일이 다 붙여야 되는데, 너네 할 수 있겠니? 한 장당 50원씩이야."

한 장당 50원이면…… 300장이면 1만 5천 원이다. 우리 아파트가 1,400세대니까 우리 둘이 오늘 하루 종일 다 돌리면…… 우와, 7만 원이나 벌 수 있겠다! 그 돈이면 피자 네 판에, 떡볶이 네 접시에, 잘하면 주먹밥까지 먹고도 남는 돈이었다. 신났다. 기대되고 설렜다. 스스로 돈을 번다는 기대감에 내가 마치 어른이라도 된 것처럼 기뻤다.

"예! 할게요! 시켜만 주시면 저희가 매출 팍팍 올려드릴게요!"

어느새 나는 신이 나서 능청스럽게 말하고 있었다.

그렇게 우리 둘은 양손에 치킨집 전단지를 가득 들고 아파트 정복에 나섰다. 먼저 1동부터 시작! 우리는 엘리베이터를 타고 제일 꼭대기인 17층까지 올라갔다. 치킨집 아저씨가 경비 아저씨한테 걸리면 안 된다고 신신당부했던 게 떠올라 심장이 미친 듯이 뛰었다. 드디어 17층에 도착! 나는 오른쪽 라인을, 진영이는 왼쪽 라인을 맡았다. 스카치테이프를 이용해 전단지를 현관문에 붙이는 작업이었다. 진영이는 속도가 빨라 날쌘돌이 같았다. 하지만 난 어리숙했다. 혹시나 전단지를 붙이는 도중 현관문에서 사람이 나오지는 않을까 조마조마했다. 긴장해서인지 자꾸만 테이프를 바닥에 떨어뜨렸다. 텅 빈 복도를 울리는 소리에 마음은 더 두근두근 콩닥콩닥. 나보다 빠른 진영이를 보면서 '왜 나는 이 모양이지?' 나 자신한테 화가 났다. 그래도 한 동을 끝내고 나니까 나도 제법 요령이 생겼다. 잠깐

놀이터에서 쉴 때는 스카치테이프를 미리 떼어내 전단지에 붙여 놨다. 그렇게 하면 스카치테이프 떼는 시간을 아낄 수 있어서 빠른 작업이 될 것 같았다.

3일째 되는 날, 요령도 터득했겠다 우리의 손놀림은 바빠졌다. 특히 오늘은 돈을 받는 날이란 생각에 우리는 한껏 들떠서 전단지를 붙이고 다녔다. 그런데 어디선가 들려오는 발소리. 뭔가 불길한 예감. 아뿔싸, 우리는 경비 아저씨와 딱 맞닥뜨렸다.

"이 녀석들, 여기서 뭐하는 거여? 어제 1, 2동에다 전단지 붙인 것도 너희들이지? 빨리 떼어내. 여기 3동에 붙인 것 다 떼어낼 때까지 못 갈 줄 알아."

아니, 더 이상 못 붙이는 것뿐 아니라 지금까지 붙인 것까지 떼어내라고? 우리는 울상을 지으며 우리 앞을 지키고 있는 경비 아저씨 앞에서 전단지를 떼어내기 시작했다. 그래도 어디에나 빠져나갈 구멍은 있는 법. 경비 아저씨의 눈길이 약간 느슨해진 걸 틈타 우리는 눈짓을 주고받은 후 미친 듯이 도망쳤다. 두 손 가득 우리의 소중한 전단지를 안고서. 그러고는 다른 아파트에서 조심스럽게 전단지를 다시 붙이기 시작했다. 그리고, 마침내 끝! 그렇게 약 1,400세대에 3일간 전단지를 돌리고 나니 주인 아저씨께서는 우리가 참 영특하다며 놀라워하셨다. 게다가 며칠 만에 급격히 매출이 늘었다며 치킨까지 한 마리씩 포장해 주시는 게 아닌가. 한 손에는 돈 3만 5천 원이, 한 손에는 치킨이! 아, 얼마나 풍성하고 보람찬 겨울방학이란 말인가! 우리를 축복하듯 하늘에선 흰 눈이 펄펄 내리고 있었다.

눈 빠질 뻔한 강화대교의 아르바이트

중학교 2학년 여름방학, 나와 진영이는 이번에도 어김없이 아르바이트할 계획을 세웠다. 진영이는 시급도 세고 일하기도 편한 아르바이트를 잘 구해 오곤 했다. 나같이 어리바리한 사람에게 진영이는 그야말로 구세주!

이번에 진영이가 구해 온 아르바이트는 교통량을 조사하는 것으로, 강화대교 한가운데서 지나가는 차종 및 대수를 체크하는 거라고 했다. 그리 어려워 보이지는 않았다.

새벽 5시 30분, 나는 진영이의 전화를 받고는 조심스럽게 일어나 살금살금 주방으로 향했다. 가족들이 모두 곤히 잠들어 있는 새벽, 나는 조용히 도시락을 쌌다. 어제 먹다 남은 밥을 도시락에 대충 담아 넣고, 마른 반찬 몇 가지를 챙겼다. 디저트는 기본. 과일까지 넣었다. 일할 때의 우리는 먹는 것만큼은 제대로 먹으려고 했다. '금강산도 식후경'이란 말도 있지 않던가. 사실 그때 우리가 아르바이트를 해서 번 돈은 다 먹는 데에 썼을 만큼 먹는 낙으로 살았던 것 같다.

새벽 6시. 밖은 아직 캄캄하고 어두웠지만, 버스 정류장에는 이른 시간부터 출근하기 위해 버스를 기다리는 어른들이 많았다. 나도 대학생이 되고 어른이 되면 저렇게 매일 새벽에 출근해야 되겠지? 그건 피곤한 일일 것이다. 하지만 한편으로는 나도 그렇게 살고 싶기도 했다. 하루하루를 그 누구보다 열심히 살기 위해 일찍 일어나 분주히 움직이는 것일 테니까. 조금 존경스러운 마음도 들었다.

드디어 아침 7시 30분, 강화대교 도착. 강화대교 한복판에는 오두막 비슷한 장소가 있었다. 우린 그곳에 자리를 잡았다. 이른 시간부터 강화대교는 차들이 매우 많이 지나다녔다. 특히 트럭 종류가 많았고, 그 많은 트럭에서 뿜는 매연 때문에 기침이 났다.

먼저 지시에 따라 출근 시간인 아침 8시부터 10시까지 두 시간 동안 소형·중형·대형, 이렇게 세 칸으로 나눠진 설문조사표에 지나가는 차량의 대수를 체크했다. 이어서 오후 1시부터 3시까지, 4시부터 6시까지, 그렇게 하루 종일 강화대교를 지나가는 차량을 헤아리다 보니 눈알이 다 빠질 것 같았다. 뭔 놈의 차들이 그렇게 빠른지…….

물론 대충 적고 싶은 마음이 굴뚝같았지만, 그래도 뭘 알아야 대충 적기라도 하지, 그저 우리는 묵묵히 눈알을 굴리는 수밖에 없었다. 사실 열심히 차 대수를 세다 보면 꼼수를 부린다는 생각조차 사라진다. 잠깐만 놓쳐도 통계가 어그러지기 때문이다. 그렇게 하루 종일 온갖 매연을 마신 대가로 내 손엔 일당 6만 원이 쥐어졌다. 목에 가래가 끼고 왠지 피부도 안 좋아진 것 같았지만 마음만은 뿌듯했다. 아침에 본 직장인들처럼 나도 열심히 사는 어른이 된 것 같기도 하고.

그렇게 짬짬이 이런저런 알바로 시간을 보내다 보니 여름방학도 훌쩍 지나가고 어느새 2학기가 시작됐다. 나는 다시 조용한 학생으로 돌아왔다. 겨울방학을 기다리는 참한 학생으로.

자 여기 왔어요 안녕하세요
자 꽃이 왔어요 모두 봐주세요

핏빛도 있어요 창백한 것두요
적당한 가격만 제시해 주세요
생화도 조화도 모두 있어
골라보세요 얼른

꽃 사세요 꽃을 사

_골든티켓, 〈꽃 사세요〉 중에서

꽃 사세요! 꽃 사세요!

우리 집 뒤 언덕은 공동묘지다. 한 500기 정도의 무덤이 있는 것 같다. 어렸을 때부터 공동묘지 옆길로 산책을 많이 했는데, 그 수많은 무덤 옆을 지나는 게 무서울 법도 하지만 이상하게 내 마음은 편했다. 그곳을 지날 때마다 H.O.T.의 '공수래공수거公水來空手去 바람처럼 부질없는 것~ 왜 다들 그렇게 잡지도 못할 걸 쫓고 있나' 하는 노래 가사를 흥얼대기도 했다. '내 할아버지의 할아버지, 할머니의 할머니 같은 분들이 묻혀 있고, 나도 언젠가 시간이 지나면 저 무덤에 묻히겠지'라고 생각하니 사람이 죽고 사는 건 모두 다 똑같은 이치 아닌가 싶었다. 그래서 그곳을 지날 때면 마음속에 있는 모든 욕심이 사라지고, 평온해진 기분이었다. 어쨌든 설이나 추석이 되면 그곳은 늘 성묘를 하러 오는 방문객들로 붐볐고, 그래서 우리 집 근처에는 꽃집이 많았다.

아르바이트계의 떠오르는 샛별(?)인 내가 이 기회를 놓칠 리 없었다.

나는 명절 연휴 때면 집 근처 꽃집에서 꽃 파는 아르바이트를 했다. 역시나 이번에도 진영이와 함께였다. 우리는 주로 국화꽃을 팔았다. 꽃집 앞 신호등에서 꽃을 흔들면 성묘를 하러 온 차량들이 우리를 보고 멈춰 꽃을 사 가곤 했다.

성묘를 하러 온 사람들 중에는 나이가 지긋하신 어른들은 물론이고 어린아이들도 있었다. 이렇게 명절마다 찾아와 주는 자식, 손자, 손녀들이 있으니 무덤에 계신 분들은 행복하겠지. 그런데 왜 묘지 앞엔 꼭 국화꽃을 놓아야 하는지 의문이 들었다. 화려한 장미꽃이나 프리지어 같은 걸 두면 예쁠 텐데, 왜 하필 국화꽃이지? 지금 생각해 보면 조금 엉뚱한 의문이었지만 당시엔 정말 궁금했다. 그래서 대뜸 주인 아줌마한테 물었다.

"왜 묘지엔 국화꽃만 놔야 해요? 마음이 중요한 거지. 그냥 예쁜 꽃을 올려놔도 되지 않나요?"

아줌마는 내 질문이 엉뚱하다는 듯 웃음을 띠면서도 친절히 대답해 주셨다.

"불교에서는 만물이 죽고 다시 살아나는 의미의 지시물을 '국화'라고 생각한다는구나. 그러니까 환생을 기원하는 꽃이지."

만물이 죽고 다시 살아난다고? 환생? 그래서 다들 국화를 사 가는 거구나. 그러면서 나는 사람이 정말 환생을 할까 궁금했다. 예전에 본 불교 방송에서는 사람이 이생에서 고통스러운 이유는 전생의 업보 때문이라고 했다. 대체 전생에 나는 무엇이었고 무슨 일을 저질렀을까. 문득 궁금해졌다. 그날 그렇게 찻길 한편에서 '내 전생은 무엇이었을까' 생각하며 나는 묵묵히 꽃을 팔았다.

떡 사세요~ 떡 사세요~

우리에게 겨울방학은 정말 꿀맛 같은 시기였다. 방학 때는 많은 걸 할 수 있었다. 배고플 땐 큰 마트를 유랑하며 시식 코너에서 배를 채우고, 심심할 땐 친구네 집에서 고스톱 판을 벌이고……. 무엇보다도 아르바이트가 우리를 기다리고 있었다. 이번에는 무슨 아르바이트를 할까 고민하던 중 찹쌀떡을 팔면 어떻겠냐는 제안이 들어왔다.

"네? 길에서 찹쌀떡을요?"

'하하하. 난 아르바이트계의 떠오르는 별. 스카우트도 들어온다네.'

문득 텔레비전 드라마에서 장미희 씨가 "떡 사세요~ 떡 사세요~" 하던 모습이 떠올랐다. 생각만 해도 창피했다. 혹시라도 누군가 내 모습을 보고 학교에 소문이라도 내면 어쩌지? 엄마랑 오빠가 이 사실을 알면 내 머리를 박박 밀고 나를 방에 가둬둘 게 분명한데……. 하지만 긴 방학에 노는 것도 하루 이틀이었다. 마땅히 할 것도 없었던 나는 남는 떡을 먹을 수도 있다는 장점에 이끌려, 그리고 그냥 떡을 들고 서 있기만 하면 된다는 달콤한 유혹에 넘어가 일을 시작했다.

처음 집결지는 오후 1시 동인천역. 그때만 해도 나는 내 앞에 펼쳐질 무시무시한 추위와 긴 시간의 지루함을 예상하지 못했다. 떡을 팔기 시작한 지 몇 시간째. 한겨울이라 지나가는 사람도 거의 없었고, 떡을 사주는 사람도 적었다. 이 떡을 다 팔아야 집에 갈 수 있는데……. 나는 우두커니 서서 떡이 팔리지 않는 이유를 곰곰이 생각해봤다. 아니, 어떻게 하면 사람들이 내 떡을 사줄까 고민했다.

혹시 내가 조금은 부자로 보여서 안 사주는 게 아닐까? 나는 끼고 있던 장갑을 벗었다. 으악! 12월 엄동설한의 기운이 손끝에서 전달되어 온몸으로 퍼져왔다. 금방 무감각해진 내 손은 닭발처럼 새빨갛게 쪼그라들어 가고 있었다. 하지만 내게 주어진 떡을 다 팔려면 어쩔 수 없었다. 조금 아파도 참을 수밖에. 빨리 팔고 손이야 녹이면 될 것이다.

드디어 퇴근 시간이 되니 사람들이 역에서 몰려나왔다. 내 손을 보고는 안쓰러워 보였는지 한두 명씩 떡을 사주는 사람들이 생겼다. 만 원을 주면서 "우리 딸 생각나서 사주는 거야"라며 거스름돈을 받지 않고 가는 아저씨도 있었고, 술에 취해 2차로 술을 마시러 가는 도중 떡을 사는 아저씨들도 꽤 많았다. 할머니, 할아버지들은 손녀 사다 준다면서 꼬깃꼬깃한 쌈짓돈을 꺼내서 사기도 했다.

거리엔 크리스마스 캐럴이 울려 퍼지고 있었다. 떡이 많이 팔리니 나도 모르게 흥겨워졌다. "징글벨~ 징글벨!" 소리에 나도 몰래 리듬에 몸을 맡기고 있었다. 저절로 웃음이 나왔다.

그런데 갑자기 역에 계시던 노숙자 아저씨들이 나한테 떡을 달라며 무리지어 오셨다. 어쩌지? 나는 어린 맘에 무서워서 일단 떡 한 팩을 드렸고, 다행히 나쁜 일은 일어나지 않았다. 떡을 받은 노숙자 아저씨들은 한쪽으로 가서 맛있게 나눠 드셨다. 대부분 우리 아빠 연배인 것 같았다. 어쩌다 저분들은 저렇게 됐을까. 이 추운 날, 그분들은 역사가 아닌 밖에 나와 계셨다. 어떤 분은 아예 바닥에 누워 계셨는데 쓰러진 것처럼 보였다. 그리고 보니 내가 떡을 팔 때부터 누워 계셨던 것 같다. 하루 종일 나와 같이 밖에 있었던 것이다. 한나절만 있는 나도 이렇게 추운데 나보다 더 오랜 시간을 버틴 그 아저씨를 보니, 저대로 두면 목숨이 위험할 수도 있겠다는 생각이 들었다. 주변을 둘러봤다. 내 뒤쪽에는 경찰서가 있었는데 경찰들은 늘 있는 일인 듯 그러려니 하며 지나치고 있었다. 거리를 지나는 사람들 역시 마찬가지였다. 나 역시 그분을 위해 달리 할 수 있는 게 없었다. 마음이 쓸쓸했다.

그때 문득 좋은 생각이 떠올랐다. 노숙자 아저씨들에게 찹쌀떡 아르바이트를 권해 드리면 어떨까? 그러면 아저씨들은 돈도 벌고, 찹쌀떡도 많이 먹을 수 있을 텐데……. 그러나 "아저씨들도 이 찹쌀떡 아르바이트 한번 해보실래요?" 하는 말이 선뜻 나오지는 않았다. 내 생각엔 정말 최고의 아이디어인데, 목 끝까지 차올랐던 그 말을 차마 뱉어내지는 못했다.

다시 한 번 그때 그 아저씨를 만난다면, 그리고 혹시나 알아볼 수 있다면 당당히 말할 테다.

"찹쌀떡 아르바이트 강력히 추천해드립니다요, 이거 의외로 짭짤합니다요!"

PART 2
아이돌에
미치다

신화 오빠들이 좋아

중학교 때는 주관심사가 연예인 또는 드라마였다. 중학교 2학년, 열다섯의 어린 학생이 세상에 대해 안다면 얼마나 알겠는가. 그때는 그저 친구들과 새로 나온 가수들 얘기, 어제 본 드라마 얘기를 하는 게 가장 신나는 일이었다.

내가 초등학교 때는 H.O.T.와 젝스키스가, 중학교 때는 god와 신화가 양대 산맥을 이루며 전성기를 누리고 있었다. 사람마다 성격도 다르고 관심사도 다르듯이, 우리 반 아이들도 제각기 좋아하는 가수가 달랐다. 그래도 재밌는 사실은 같은 가수를 좋아하는 애들끼리는 뭔가 비슷한 점이 있었다는 것이다. 어른들이 취미가 같은 사람들끼리 어울리듯이 우리 반에서도 좋아하는 가수가 같은 친구들끼리 어울렸다.

중학교 3학년 때, 우리 학교에서 가장 많은 팬을 확보한 가수는 god였다. god는 평범하고 소탈한 동네 오빠 같은 분위기로 15세 소녀들에게 설렘과 행복을 가져다주는 수호천사와 같은 존재였다. 학교에서 이들을 좋아하는 아이들도 대부분 온순하고 무난한 성격들이었다. 이들은 god 오빠들을 멀리서 말없이 마음으로 응원했다. 기껏해야 팬레터를 보내고, 자기네들끼리 팬픽(자기가 좋아하는 연예인을 주인공으로 만든 소설로 '팬들이 쓴 픽션'의 줄임말)을 쓰며 소소한 재미를 나눴다. god 다음으로 인기가 많은 건 신화였다. 하지만 신화를 좋아하는 아이들의 숫자는 그리 많지 않았다. 신화는 비주얼과 카리스마, 남성적인 매력으로 어필했는데, 이런 종류의 남자들을 좋아하는 애들은 나처럼 약간은 공격적이며 기가 센 경우가 많다. 그런데 우리 학교에는 그런 애들이 적었던 것이다. 아, 나도 사실은 조용히 삐라 주우러 다니는 얌전한 초등학생이었는데, 여러 번의 아르바이트를 하는 동안 어느 순간 바뀌어 있었다. 강인하고 끈질긴 애로.

그 당시 팬클럽의 가장 큰 행사 중 하나는 통신사에서 주최하는 대형 콘서트였다. 일 년에 한 번 정도 열렸던 이 콘서트에는 그때의 가요계를 대표하는 내로라하는 가수들이 모두 참석했다. 각 팬클럽들은 좀 더 좋은 자리에 앉고, 보다 많은 좌석을 확보하기 위해 피나는 노력을 했다. 팬클럽 임원들에게는 콘서트장 앞에서 천막을 치고 몇 주간 밤을 새우고 회의를 하며 똘똘 뭉치는 게 너무나도 당연한 일이었다. 물론 그곳 화장실에서 씻고 잠을 자며 생활하는 건 두말할 필요도 없다.

이렇게 크고 중요한 콘서트인 만큼 엄청난 수의 경호원들이 투입되는 건 당연한 말씀! 경호원들이 콘서트장에 왜 그렇게 많이 투입되냐고? 자신이 좋아하는 가수를 조금이라도 더 가까이서 보려고 관계자 외 출입이 금지되는 대기실이나 주차장에 삼엄한 경비를 뚫고 들어가는 팬들이 많기 때문이었다. 또 무대 바로 앞에는 300여 명의 팬들이 서서 공연을 보는 스탠딩 자리도 있는데, 그때 팬들이 좀 더 가까이서 보기 위해 자꾸 무대 앞쪽으로 쏠리는 경향이 있어 경호원들이 선을 지키도록 하고 있었다.

앞서 말한 팬들의 성격은 경호원들과의 기 싸움에도 반영되었다. 경호원들은 '강한 친구들'이라는 글씨가 새겨진 검정색 티셔츠를 입고 있었는데, 우리는 그들을 줄여서 '강친'이라고 불렀다. 강친은 대부분 덩치가 거의 조직폭력배 수준만큼 크고 인상도 험한 데다가 팬들을 아주 애완견 다루듯이 다뤘다. 가끔은 쌍욕도 해주시고, 팬들을 밀쳐서 넘어뜨리기도 했다. 우리는 이들과 맞서야 했다. 조금이라도 신화 오빠를 가까이서 보려면 말이다. 공연을 보면서 조금이라도 앞으로 가려 하면 강친들은 두꺼운 팔뚝으로 우리를 막아섰다. 하지만 이에 무너질 우리가 아니었다. 인원은 우리가 훨씬 많았다. 100명이 넘는 우리는 미친 듯이 경호원들을 앞으로 밀쳐냈다. 맛 좀 봐라, 이놈들! 결국 강친은 우리에게 두 손 두 발 다 들고 무대 앞까지 점령하게끔 허락해 줬다.

또 이런 큰 공연이 있을 때면 가끔 팬들끼리 패싸움이 일어나기도 했다. 그렇다고 뭐 치고받고 피를 흘리는 험난한 싸움 정도까진 아니다. 인터넷상에서 댓글로 싸우기도 하고, 학교에서 서로 자기가 좋아하는 가수가 더 대단하다며 말다툼을 하는 수준이었다.

그런데 싸움하는 모습을 보면, 가수와 팬의 성격이 그대로 드러난다. 이런 일화도 있다. 대형 콘서트 때 god와 신화가 같이 나왔을 때다. 현수막을 붙이는 자리를 더 많이 차지하기 위해 티격태격하다가 god 팬과 신화 팬 사이에 싸움이 벌어졌단다. 기 센 신화 팬들은 주로 몸으로 싸우는 반면, god 팬들은 말로 싸우는 편이었다. 이날도 신화 팬들은 몸으로 밀어붙였는데, god 팬 중 한 명이 법 조항을 들며 따져서 결국 신화 팬들이 졌다(?)고 한다. 그리고 팬들은 이 소식을 각각 자신의 가수에게 알렸다.

이 소식을 들은 god의 반응은 "아, 싸우시면 안 돼요." 이에 비해 신화는 "뭐? 싸웠어? 이겼어, 졌어? 졌다고? 아, 왜 져!"라고 했다는 얘기. 사실 이 일화가 진짜인지 아닌지는 잘 모르겠지만, 뜨끔했다. 신화 팬과 신화의 성격을 여실히 드러내주는 일화인 건 분명하다.

나는 그 당시 신화를 너무너무 좋아했다. 인터넷 신화 팬 카페에 가입해서 집에 오면 매일 신화를 보고 또 보고, 그중에서도 내가 제일 좋아하는 멤버인 신혜성 오빠 사진을 보며 모니터에 뽀뽀를 수백 번이나 할 정도로 상사병에 시달렸다. 오빠들의 팬 카페에서 팬들끼리 출석 체크를 하고, 움직이는 오빠들의 사진(일명 움짤)을 보고, 각종 공연과 버라이어티 프로그램을 보고, 게시판에 댓글을 달며 웃고 떠들었다. 물론 오빠들의 스케줄 확인 및 본방 사수는 기본! 몇 달을 그렇게 신화 오빠들에게 매달리고 좋아하며 신화에 대해 알아갔다. 멤버들의 나이, 생일 같은 프로필은 물론 숙소 주소도 알아냈다. 신화 팬픽도 직접 써 가면서 오빠들을 응원했다. 하지만 사진과 영상으로만 오빠들을 지켜보기에는 성이 차지 않았다. 그러기에 난 이미 오빠들에게 너무 많이 미쳐 있었다.

You never give up the more passion
Easy come and easy go
You never give up the more passion
Easy come and easy go

마지막까지 난 너를 포기할 수 없어
더 이상 주저하지 마
다시는 쓰러지지 않게 또 우린 다시 일어서야 해

_신화, 〈해결사〉 중에서

오빠들을 볼 거야, 내 두 눈으로 직접!

내 가슴은 왜 이렇게 뜨거운 걸까? 가만히 앉아서 신화 오빠들을 응원하는 것만으로는 부족했다. 신화 오빠들의 공연을 현장에서 보고 싶었다. 같은 공간에서 응원하고 싶었다. 순간, 내 머릿속에는 멋진 목표가 하나 생겼다. 신화에게 내 존재를 알리는 것! 그들에게 나를 그냥 수많은 어린 팬들 중 하나가 아니라 그들을 위해 발로 뛰고, 그들이 가는 곳이면 항상 쫓아가서 응원해 주는 집요한 빠순이로 인식시켜야겠다고 다짐했다. 지금 생각해 보면 정말 웃음만 나오는 기가 막히는 목표다. 하지만 그 당시에는 나름대로 진지했다. 어떻게 하면 신화 오빠들한테 나를 인식시킬수 있을까 고민했다. 하지만 나 혼자서 그 일을 해내기엔 역부족이었다. 나는 그저 평범한 중학생이고 어린 여자아이일 뿐이었으니까.

나는 그래서 나 같은 아이들을 더 모아 조직적으로 집단을 만들고 우리 집단을 홍보하기로 했다. 나 스스로에게 미션을 준 셈이었다. 일명 미션 임파서블! 무한도전!

　일단은 내 주변에 신화를 좋아하는 아이들을 먼저 모으기로 결심했다. 그 다음엔 우리가 한 팸(패밀리)이 되어 단체로 행동함으로써 신화 팬들 사이에서도 영향력을 발휘하며 우리의 존재 자체를 키워야겠다는 생각이 들었다. 그게 내가 생각해낸 최선의 방법이었다. 그리하여 나는 2학년 1반부터 10반까지 돌아다니며 신화를 좋아하는 아이들을 소집했다. 공방(공개방송, 주로 가요프로그램)을 뛰며 직접적으로 신화를 쫓아다니는 애들은 5명 정도밖에 되지 않았다. 우선 이 친구들을 우리 집으로 불렀다. 그리고 떡볶이 한 접시를 대접했다. 우리 신화 오빠들을 위해 백석중학교 팸을 만들어보지 않겠냐고 제안했다. 우리 팸의 이름으로 현수막부터 명함까지 만들어 돌리고, 우리 5명이서 똘똘 뭉쳐서 콘서트 갈 때는 서로 번갈아가며 줄 서주고 자리를 대신 맡아주자. 그렇게 함께 고생하면 신화 오빠들을 좀 더 가까이서 보고 그들에게 우리를 좀 더 알릴 수 있을 거라고 큰소리쳤다. 아이들은 미심쩍은 눈초리를 보냈지만 나는 확신에 찬 눈빛과 말투로 입에 단내가 나도록 아이들을 설득했다.

　당시 뭘 믿고 그렇게 자신감에 차 있었는지 모르겠다. 고작 일개 중학생이면서 뭐가 그렇게 자신이 있었는지, 세상을 내 뜻대로 만들 수 있을 거라 생각했다. 내가 뭐든 마음만 먹으면 할 수 있을 거라 믿었다. 내가 그것을 이루기 위해 얼마나 많은 노력을 해야 하고, 얼마나 많은 것을 포기해야 하며, 얼마나 많이 내 자신이 성숙해져야 될지는 잘 모른 채.

　하지만 누구나 비슷하지 않을까? 나보다 조금 더 나은 환경에서 시작한 사람도, 조금 더 나이가 들거나 더 어린 사람도, 누구든지 무언가를 시작할 때는 그 결과를 백 퍼센트 장담할 수 없는 법이다. 그렇게 불확실한 확률 속에서 나의 도전(?)은 시작되었다. 남들 눈에는 그저 한심해 보였을지 몰라도 나만의 목표를 달성하기 위해 밤낮으로 뛰어다니며 나는 제법 즐거웠다.

화요일은 〈뮤직뱅크〉 공개방송 녹화가 있는 날이었다. 당시 KBS 공개홀 앞에선 저녁 7시에 있을 뮤직뱅크 공연에 입장할 번호표를 아침부터 나눠줬다. 나는 새벽 5시에 일어나 버스를 타고, 인천 계산역에서 여의도역까지 지하철을 두 번 갈아타고, 또 버스를 타고, 7시에 공개홀 앞에서 팬클럽 임원이 나눠준 번호표를 받고 나서, 다시 인천으로 돌아와 9시까지 학교에 도착했다.

엄마 아빠한테는 오늘부터 친구와 새벽 운동을 하기로 했다고 거짓말을 했다. 알면 분명 잔소리를 할 게 뻔하니까. 그날 수업이 끝나고 나는 다시 KBS 공개홀로 향했다. 처음 본 방송국과 여의도는 나에게 거대한 성처럼 크고도 높게 느껴졌다. 여의도역 주변에는 증권가와 큰 건물들이 즐비하게 늘어서 있었는데 왠지 모를 차가운 기운이 맴돌았다. 건물들이 겁 없는 나에게 경고라도 하는 것 같아서 괜히 주눅이 들었다. 그렇게 쭈뼛쭈뼛 많은 팬들 틈에 줄을 서고, 마침내 KBS 공개홀에 입성! 그런데 내가 본 공개홀은 텔레비전 화면에서 보던 것보다는 작고 조촐해 살짝 실망스러웠다. 그렇지만 작아서 우리 신화 오빠들을 좀 더 가까이 볼 수 있으니 어찌 보면 좋은 일이겠지. 곧이어 생방송으로 〈뮤직뱅크〉가 진행되었다.

빛나는 조명과 화려한 무대, 반짝이는 스타들, 그리고 세상에 태어나 처음 본 커다란 카메라가 움직이는 모습. 모든 게 멋져 보였다. 나도 모르게 가슴이 설렜다. 섹시한 베이비복스 언니들, 인형처럼 깜찍한 S.E.S. 언니들, 미소년 UN 오빠들의 무대가 지나갔다.

　　이어서…… 마침내 꿈에 그리고 그리던 나의 오빠들! 나의 우상! 신화의 공연이 시작되었다. 그것도 바로 코앞에서 말이다. "Hey! Come on! 갇혀버렸던 미래! Hey Come on! 포기하지 마~!" 우리 팸은 열심히 오빠들을 향한 응원 구호를 외쳤다. "신화창조 신화산! 신화창조! 신화산!" 아, 그 순간 새벽부터 서울을 오가느라 고생한 것이 떠오르며 가슴이 찡해졌다. 기뻤다. 끝내 실제로 신화를 보겠다는 내 작은 목표를 이뤘다. 내 눈에선 환희와 감동으로 벅찬 눈물이 흘렀다.

Yo 너 뭐 될래 진짜 니 맘대로 살아갖고 뭐 할래
너는 언제나 니 멋대로 하고 싶고 살고 싶어
다들 무시하잖아
Yo 너 뭐 될래 진짜 니 맘대로 살아갖고 뭐 할래
모든 걸 잃어버린 실패자가 되지 마

세상에서 내가 해줄 몫이 있어
오직 나만이 나만이 할 수 있는 멋진 job이 있어
그 어떤 것보다 소중한 거야
너를 다른 곳에 맞출 필요 없어

_신화, 〈Yo!〉 중에서

나는야 주황색 모으는 빠순이

그 후로 나의 진정한 빠순이로서의 삶이 시작되었다. 특히 신화 팬클럽인 '신화창조'에 가입한 이후로는 주황색에 집착하기 시작했다.

가수와 팬클럽은 자기만의 고유한 색이 있어서, 팬들은 공개방송이나 콘서트 때 그 색을 이용한 응원 도구를 사용한다. 신화의 라이벌인 god는 하늘색이 고유색이었는데 '하늘색 풍선'이라는 노래를 통해 자신의 팬들에 대한 사랑과 고마움을 표현하기도 했었다.

우리 신화의 색은 화려하고도 활력 넘치는 주황색! 공개방송을 갈 때면 주황색 풍선, 주황색 야광봉, 주황색 우비, 주황색 티셔츠 등 갖은 주황색의 물품들을 챙겼다. 그리고 신화 오빠들이 무대에 서 있는 동안 팬클럽 친구들과 거대한 주황색 물결을 만들며 환호했다. 주황색이 신화 오빠들의 색이라는 게 각인된 이후로 나는 응원 도구뿐 아니라 다른 물건을 살 때도 주황색을 고집했다. 펜은 기본, 필기도 잘 안 하면서 형광펜, 색연

필, 볼펜을 종류별로 주황색으로 사서 모았다. 옷은 주황색을 구하기 어려웠지만 그래도 발품을 팔아서 되도록 주황색을 입으려고 노력했다. 무슨 주황 빛깔 텔레토비도 아니고, 남들이 보면 참 우스웠을 것이다. 그러나 누가 뭐라 해도 난 신화의 팬, 주황 정보경이었다.

그러던 어느 날, 모 기획사에서 데뷔하는 신인 그룹이 주황을 상징색으로 사용할 거라는 정보가 입수되었다. 우리 팬클럽에서는 난리가 났다.

"아니, 감히 주황색을! 그건 우리 오빠들의 색이란 말이야!"

약육강식의 생존 법칙이 그 어느 곳보다 엄격하게 적용되는 게 연예계다. 그때 신화 오빠들은 데뷔 당시의 대형 기획사를 떠난 상태였고, 데뷔하는 가수는 그 대형 기획사 소속이었다. 우리는 두려웠고, 미친 듯이 똘똘 뭉쳤다. 마치 '독도 알리기 캠페인'이라도 하듯이 서명 운동까지 했다. 그리고 결국 우리 신화창조는 신화의 주황색을 지킬 수 있었다. 해냈다! 하지만 색의 종류는 한정되어 있고, 비슷한 문제는 그 이후로도 몇 번 불거져 나왔다. 나는 고등학교 이후로 전과 같은 신화창조 활동은 중단했지만, 신화와 관련된 문제가 터질 때마다 적극적으로 댓글을 달고 온라인 서명에 참여했다. 한 번 팬은 영원한 팬. 난 나름 지조 있는 팬이니까!

사실 돌이켜 보면, 내가 '신화'를 좋아했던 건지 '신화 팬클럽 활동'을 좋아했던 건지 아리송하기도 하다. 한창 사춘기 때, 무언가 미칠 게 필요했고 그 대상이 신화였던 건 맞지만, 날 흥분시키고 떨리게 했던 건 신화라는 가수 자체보다 친구들과 어울려 다니면서 그 가수를 응원하고 내가 그 가수에게 소중한 존재가 될 수 있다는 희망이었던 것 같다. 그렇게 우리는 '주황 조폭'이라는 별명까지 들으며 신화를 위해 온몸을 불살랐었다.

나의 이름은 패배자 하지만 난 넘을 수 있어
날 누르고 있는 어떤 손길도
두려운 건 아무것도 없어 날 막지는 마
내가 만든 나의 길이 전부이니까
아무도 믿지 않겠어
내가 서 있는 지금 이 순간

_신화, 〈Fly High〉 중에서

신화 오빠들, 날 기억해 주세요

당시 내가 팬으로 활동하며 사용하던 닉네임은 '눈꽃성이'였다. 내가 제일 좋아하는 멤버인 신혜성 오빠 이름에서 만든 것으로 '눈꽃 신혜성'을 뜻하는 말이었다. 이러한 닉네임을 플래카드에 적어서 방청객석에서 항상 들고 있었다. 그러면서 한 곡이 흐르는 4분이라는 짧은 시간 동안 신혜성 오빠와 단 1초라도 눈이 마주치기를 바랐다. 하지만 나처럼 방송국에 신화를 쫓아다니는 팬들은 하나둘이 아니었다. 나는 그저 그런 평범한 팬들 중 하나일 뿐이었다. 이대로는 안 될 것 같았다. 이대로는 신화한테 나를 각인시킬 수 없을 것 같았다. 신화한테 내 존재를 끊임없이 알리고 각인시키려면 공개방송을 쫓아다니는 것 이상의 무언가가 필요했다. 그 후로 내 정신은 온통 신화에게 나를 알리는 데 미쳐 있었다. 어떻게 하면 그들에게 나를 좀 더 각인시킬 수 있을까, 어떻게 하면 그들에게 좀 더 도움이 될 수 있을까, 도대체 어떻게 하면 그들을 더 열렬히 응원할 수 있을까. 학교에서 수업을 들을 때도, 점심시간에 밥을 먹을 때도, 친구들과 놀 때도 머릿속에서는 그 생각이 떠나지 않았다. 밤낮으로 고민했다. 몸은 항상 떨어져 있어도 내 정신만큼은 그들에게 팔려 있었다. 이것이 바로 말로만 듣던 유체이탈이 아닐까 싶을 정도였다.

난 오빠들을 찾기 위해 여의도를 뒤지기 시작했다. 무대가 아닌 곳에서 오빠들을 보기 위해. 당구장에서도 신화 오빠들을 찾아내고, 식당에서도 신화 오빠들을 발견해낼 정도로 신화 오빠들이 가는 곳이면 어디든 따라다녔다. 처음 왔을 때 큰 건물들로 날 주눅 들게 했던 여의도는 이제 우리 집 안방처럼 편한 공간이 되었다. 오빠들은 압구정동에도 자주 출몰했는데, 방학 때는 다른 신화 팬들과 압구정에서 죽치기 일쑤였다.

신화 오빠들의 기획사인 SM엔터테인먼트 앞에서도 자주 진을 치고 있었다. 대한민국 최고의 대형 기획사인 SM엔터테인먼트. 최고로 인기 있었던 S.E.S. 언니들과 H.O.T. 오빠들이 소속된 기획사였다. 그곳은 스타의 꿈을 가지고 오디션을 보러 온 학생들로 늘 붐볐다. 연예인을 꿈꾸는 아이들이 이렇게 많다니. 놀라면서도 공감이 됐다. 학교에서도 조금 예쁘다 싶은 애들은 다 연예인이 꿈이었고, 연기 학원에 다니는 애들도 꽤 많았다. 그 후 나 역시 가수를 꿈꾸게 될 줄은 몰랐지만…… 그 당시엔 연예인 준비를 하는 애들이 신기하고 부러웠다. 그렇게 SM엔터테인먼트 앞에서 오래 기다리고 있다 보면 신화 오빠들이 탄 검정색 밴이 왔다 갔다 하고, 사무실에 들르는 신화 오빠들을 볼 수 있기도 했다.

얼마 전에 '사생팬'에 관한 기사를 인터넷에서 봤다. 그 기사는 사생팬의 위험성에 대해서 경고한 것인데, 기사의 심각성에 공감하면서도 난 순간 웃음이 나왔다. 여기서 웃음은 물론 비웃음의 의미가 아니다. 사생팬과 관련해 터진 여러 사건들에 대한 웃음이 아니라 나의 옛날이 떠올라서 웃음이 나온 거였다. 그러니까, 내가 사생팬이었을 때가 생각나서.

사생팬은 연예인의 사생활까지 쫓는 극성팬을 말하는데, 열정적으로 연예인을 쫓아다니다 보면 팬의 선을 넘어 사생팬의 지경에까지 이르기 마련이다. 문제는 어느 수위의 사생팬이냐일 것이다. 연예인의 모든 것, 그야말로 전부를 '감시'하는 팬을 팬이라고 부를 수 있을까. 아무리 팬들의 사랑을 먹고 사는 연예인이라지만, 극성팬들은 버거운 존재일 것이다.

그렇다면 나는 어땠을까. 나의 존재는 나의 우상들에게 버거웠을까, 귀여웠을까. 나야 물론 '나는 우리 오빠들을 절대로 귀찮게 한 적이 없고, 순수한 팬으로서의 사랑이 전부였다'라고 생각하지만 오빠들에게는 아니었을지도 모르겠다는 생각이 문득 들었다. 내가 여의도 구석구석, 압구정 구석구석을 뒤지고 다녔을 때, 오빠들은 식당에서 조용히 밥을 먹고 싶었을 테니까. 사인해 달라는 팬들 때문에 밥 먹다가 몇 번씩 중단하는 일 없이. 그래도 어쩌겠는가. 그때의 나는 정말 오빠들을 한 번이라도 더 보고 싶었고, 그 욕망을 주체할 수 없었다.

여전히 신화에 미쳐 있던 어느 날, 신화가 일본에 갔다가 귀국한다는 정보를 입수했다. 인천공항? 우리 집에서 30분 거리다. 당장 공항으로 달려가고 싶었다. 하지만 몇 시 비행기로, 몇 번 출구로 오는지는 알 수 없었다. 그래도 가면 만날 수 있을 거라는 확신이 들었다.

아하! 이것이야말로 기회다 싶었다. 이번 기회에 오빠들 옆에 찰싹 붙어 직접 말을 걸고 내 닉네임을 알려 보자! 나를 알릴 수 있는 절호의 기회라고 생각했다. 나는 팬들이 별로 안 왔을 거라 믿고 당장 공항으로 향했다. 공항에 가니 내 또래로 보이는 한 무리의 여자애들이 패스트푸드점에 앉아서 햄버거를 먹고 있었다. 그들도 정보를 듣고 온 신화 팬임에 틀림없었다. 같은 신화 팬 아니랄까 봐 직감적으로 내 눈에 그들이 포착되었던 것이다. 나는 그 사람들에게 말을 걸었다.

"저기…… 공방 뛰다가 자주 본 얼굴 같은데, 혹시 신화 오빠들 귀국하는 거 알고 오신 거 아니에요?"

그렇게 안면을 트고 나서는 함께 신화가 언제, 어느 출구로 귀국할지 생각해 봤다. 현재 시각은 오후 6시. 어느 게이트로, 몇 시 비행기로 올지 모르니까 우리는 A부터 F 출구까지 두 명씩 조를 짜 돌아다니기로 했다. 그러다가 신화 오빠들을 발견하면 서로 전화를 해주기로 했다. 그렇게 이 출구 저 출구 돌아다니며 언제 어디로 나올지도 모르는 신화 오빠들을 찾아 헤맸다.

인천국제공항은 정말 컸다. 밤이라 승무원들이 자주 돌아다녔고, 외국인들이 꽤나 많았다. 그래서인지 마치 내가 해외여행이라도 온 것처럼 가슴이 벅찼다. 그렇게 한 네 시간을 돌아다녔을까. D 출구에서 갑자기 알 수 없는 기운이 느껴졌다. 바로 그분들이 오셨다는 걸 온몸으로 느낄 수 있었다. 그렇게 우린 신화 오빠들을 발견했고, D 출구에서 나오는 오빠들을 향해 돌진해서 잽싸게 달라붙었다. 나는 하늘이 내린 기회다 싶어 "오빠, 저 눈꽃성이에요! 저 기억해주세요!"라고 외쳐댔다. 신화 오빠들은 말없이 웃기만 했다. 나는 '이 정도면 절반은 성공한 거겠지?' 하며 뿌듯해 했다.

그렇게 장장 6개월을 귀신처럼 쫓아다녔을까. 중학교 3학년, 5월의 둘째 주 일요일, SBS의 〈인기가요〉라는 음악 프로그램이 있던 날. 〈인기가요〉는 오후 4시에 시작해 6시에 끝났다. 그날도 무대 위의 오빠들을 보며 열심히 응원하고, 친구들과 집으로 가기 위해 방송국 뒷길을 걸어가고 있었다. 그 순간 신화 오빠들의 밴이 지나가는 게 아닌가. 나와 내 팸들은 소리를 질렀다.

"오빠, 잘 가세요!"

그런데 차 안에서 오빠들이 창문을 열고 확성기로 말을 하는 게 아닌가!

"눈꽃성이~ 집에 잘 가렴!"

아, 나의 우상인 신화 오빠들이 밴에서 확성기로 내 닉네임을 불러준 것이었다! 대박이다! 드디어 신화 오빠들이 나를 알아주다니! 이 기쁨을 어찌 표현하리오! 나는 오빠들을 향해 "꺄악!" 소리를 질렀다. 아싸! 주변에 있던 다른 신화 팬들도 입을 모아 나를 부러워했고, 내 친구들 역시 일주일 내내 이 이야기만 할 정도였다. 나는 정말 행복했다. 마음속에만 간직했던 내 작은 소원 하나가 이루어진 날이 아닌가! 처음엔 불가능할 거라 믿었다. 하지만 지성이면 감천! 신화 오빠들은 내 소원을 들어줬다. 이날은 지금까지도 내게 잊지 못할 환희와 감동으로 남겨진 날이다.

PART 3
아이돌이
되고 싶어서
미치다

내 인생의 첫 무대

나의 가요 사랑은 초등학교 수련회 때 시작되었다. 내 주변 아이들 대부분이 그렇듯이 나도 초등학교 5, 6학년 때부터 가요를 듣기 시작했던 것 같다. 초등학교 수련회의 하이라이트인 장기 자랑을 준비하면서 가요와 춤에 푹 빠지게 된 것이다. 사실 장기 자랑 이전에도 친구들이랑 가요 프로그램을 녹화해 틀어 보면서 따라 춤추고 놀았었다. 그런데 그걸 많은 친구들 앞에서 보여준다고 생각하니 떨리고 설레는 기분에 더 가요와 춤을 좋아하게 된 것 같다.

나와 친구들은 당시 가요계의 요정이라 불리던 S.E.S. 언니들과 새롭게 등장한 핑클 언니들의 춤을 따라 췄다. S.E.S. 언니들은 깜찍하고 발랄한 춤을, 핑클 언니들은 박력 있는 빠른 동작의 고난이도 춤을, 베이비복스 언니들은 섹시하고 도도한 춤을 많이 췄다. 샤크라 언니들도 큰 인기였는데, 샤크라 언니들은 특이한 의상과 안무로 신선한 충격을 주었다.

초등학교 6학년 수련회. 호된 훈련, 공동묘지 담력 테스트, 캠프파이어를 마치고 드디어! 드디어! 장기 자랑의 시간이 돌아왔다. 교관 선생님들은 클론의 노래 '돌아와'의 안무 소품으로 선풍적인 인기를 누렸던 형광색 팔찌를 나눠 주셨다. 360명의 아이들은 그 팔지를 끼고 소리를 지르며 환호했다.

나와 내 친구는 여러 고민 끝에 샤크라의 '한'이란 곡을 준비했다. "소리 없이 보내리라~ 말이 없이 보내리라~" 인도풍의 멜로디가 수련원 전체에 울렸다. 두 팔을 들고 인도 여자를 흉내 내는 춤으로 무대를 열었다. 신났다. 아이들 앞에서 춤을 추는 게 재밌었다. 360명의 아이들이 모두 우릴 주목하고 있었다. 나는 물 만난 고기처럼 내 솜씨를 발휘했다. 아이들의 반응도 폭발적이었다. 전교생이 즐거워하는 모습을 보니 더욱더 가슴이 뿌듯해졌다. 좀 더 유연하게, 좀 더 잽싸게, 한 마리 학처럼 아이들의 시선을 사로잡으리라. 그렇게 대망의 내 생애 첫 공연을 성공적으로 마쳤다.

두근두근 뛰는 내 심장이 심장이 미쳐 터질 듯해
거친 이 리듬에 내 몸을 싣고

모두들 같은 옷을 입고 모두들 같은 손을 들고
이 리듬에 맞춰 내 춤에 미쳐
우리들의 인기는 이제 절정
사람들의 시선은 내게 고정
지금부터 내 몸짓에 맘이 떨려
바라보는 내 눈빛에 맘이 열려

효린 자연 애일리,
'드림하이 2' OST 〈Super star〉 중에서

노래를 부르기 시작하다

그 후 중학교 2학년 때, 나는 처음으로 학급 장기 자랑 시간에 앞에 나가 노래를 불렀다. 처음으로 사람들 앞에서 혼자 노래를 한 거였지만, 나름 반응이 괜찮았다. 마음속으로 "그래, 보경아. 넌 될 수 있어"라고 속삭였다. 그리고 친구들에게 입버릇처럼 "난 가수가 될 거야" 하고 말하고 다녔다. 정말 내가 금방이라도 가수가 될 것처럼 말이다. 하지만 친구들은 농담 반 진담 반으로 "보경아, 넌 제발 주제 파악 좀 해라" 하며 날 놀려댔다. 내가 생각해도 나는 주제 파악을 할 줄 모르는 소녀였다. 가수라는 게 말이 쉽지, 얼굴도 예뻐야 하고, 노래도 잘해야 되고, 제법 끼도 있어야 할 수 있을 테니 말이다.

하지만 시간이 지나 고등학교 1학년 때, 내게도 기적 같은 기회가 주어졌다. MBC 라디오 〈별이 빛나는 밤에〉의 '뽐내기 오디션' 코너에서 전화가 온 것이다. 오, 땡큐! 그 당시 진행자는 핑클의 멤버이기도 했던 옥주

현 언니. 그 코너에서 월말 결선에 진출하고, 연말 장원전까지 진출하면 가수가 될 기회가 주어졌다. 비록 중간에 떨어지더라도 여러 기획사에서 러브콜을 많이 보내온다고 들었다. 나는 혹시나 하는 맘에 출연 신청을 했고, 라디오 작가님께서 전화를 주신 거였다. 작가님은 예선 심사를 해야 하니, 전화상으로 당장 노래를 불러보라고 하셨다.

나는 마음을 가다듬고, 당시 실력파 가수로 주가를 높이고 있었던 버블시스터즈의 'In your eyes'란 노래를 차분히 불렀다. 나의 노래를 들으신 작가님은 목요일에 MBC 공개홀로 오라고 하셨다. 나를 주장원전 선발대회에 진출시켜 준 것이다. 나에게도 드디어 기회가 오다니. 너무너무 고마운 마음에 눈물까지 글썽일 정도였다. 이제는 친구들한테 무언가 보여줄 수 있겠구나. 그렇게도 원하던 것, 더 많은 사람 앞에서 내 노래를 부를 수 있다는 게 너무너무 기뻤다.

그리고 기다리고 기다리던 라디오 출연 날. 나는 우리 반 친구들을 다 동원해서 방송국에 갔다. 방송국으로 향하는 도중 차에 타고 있던 김제동 오빠가 창문 밖으로 고개를 내밀고 계셨다. 반가운 마음에 그때 마침 같이 간 김제동을 닮은 내 친구를 가리키며 소리 질렀던 기억이 난다. "제동 오빠! 여기 오빠 닮은 여고생 있어요! 오빠 사랑해요!" 제동 오빠는 웃으며 손을 흔들어 주셨다.

그렇게 처음 방송국에 들어가서 TV 화면에서만 보던 연예인들과 내가 좋아하던 DJ들을 마음껏 구경했다. 아, 얼마나 감격스러웠던지. 내가 뻔질나게 드나들던 방송국에 팬이 아니라 출연자로 입성하다니! 라디오 프로그램 청취자 예선전을 치르러 온 주제에 마치 연예인이라도 된 것처럼 뿌듯했다. 김제동 닮은 내 친구가 한마디 했다.

"야야, 우리 예선전이라도 붙고 좀 좋아하자. 벌써부터 이렇게 좋아하면 안 된다고!"

정신을 차리고 옥주현의 〈별이 빛나는 밤에〉 스튜디오에 도착, 자기 소개를 하고 리허설을 했다. 리허설을 끝내고 긴장된 마음에 화장실에 갔다. 그런데 우연히 같이 출연한 출연진들과 그의 친구들이 내 목소리가 너무 허스키하다며 수군거리는 걸 듣게 되었다. 나는 타고난 목소리도 굵은 데다 마침 변성기라 그때 내 목소리는 남자를 연상시켰기 때문이다. 변성기라 어떻게 할 수가 없었기 때문에 억울한 마음만이 가득했다. '쳇, 나도 내 목소리 굵은 거 아는데. 그래서 나름 비슷한 음색을 가지고 있는 버블시스터즈 노래를 선곡한 건데…….'

선곡이 내 단점을 커버해 주기를 바라면서 내 차례가 되기를 기다렸다. 그리고 불안과 긴장 속에 나는 난생처음 방송에서 노래를 불렀다. 그러나 긴장감이 너무 심했는지 계속 떨면서 노래를 부르게 됐다. 주변은 아무것도 보이지 않았고, 앞에 놓여 있는 마이크만 엄청 크게 보이면서 숨이 가빠졌다. 어떻게 된 게 내 숨소리가 노래보다 더 커졌다. 그렇게 창피할 수가 없었다. 떨리는 3분이 지나고 심사평을 듣는 시간이 다가왔다.

'에잇, 이건 대대적인 망신이야. 내일 학교 가서 애들 얼굴을 어떻게 보지?' 내 얼굴은 온갖 걱정으로 가득 찼다. 역시나 당시 심사위원이던 하림 씨와 김연우 씨는 내 노래를 듣고 음정이 불안하다고 지적했다. 하지만 목소리가 참 독특하다며, 열심히 노력하면 매력적인 음색을 가질 수 있을 거라고 칭찬해 주셨다. 그래도 다행이다! 칭찬 한마디는 들었다! 이렇게 음악적으로 훌륭하신 분들에게 내 노래를 들려주고 조언을 받다니…….

　'어이~ 거기 듣고 있나? 아까 내 목소리 허스키하다고 뒷담화하던 자들!' 꿈인지 생시인지 내 볼을 꼭 꼬집어 봤다. 비록 나는 그날 출연한 세 팀 중 1등에 뽑히지 못했지만, 재밌는 추억 하나를 갖게 되었다. 그리고 그때 나에게 조언해 주신 하림 씨와 김연우 씨의 말을 가슴 깊이 새겨두고 '정보경! 파이팅!' 하며 내 꿈을 키워갔다.

오디션 프로그램에 도전!

고등학교 2학년 때, 나는 우연히 Mnet을 보다가 제2의 신화를 찾는 다는 일명 〈배틀신화〉 프로그램 광고를 보게 됐다. 가수가 될 수 있는 기회에다 신화 오빠들도 볼 수 있다는 생각에 당장 오디션에 지원했다. 숱한 오디션에서 낙방의 고배를 마셨기 때문에 사실 마음을 비운 지는 오래였다. 어쩌면 이게 내게 주어진 마지막 기회가 될 것도 같았다. 내 인생에 조금의 미련도 남기기 싫어서 최선을 다해 도전하기로 했다.

〈배틀신화〉는 첫 도전자들을 뽑고 있었는데, 전국에서 30명을 뽑아 그들이 1기가 되고, 그중 최종 7명에게만 본선 무대에 오를 기회가 주어지는 형식이었다. 지금도 그렇지만 그 당시 연예인을 꿈꾸는 아이들은 전국적으로 넘쳐났고, 오디션을 보는 아이들 또한 많았다. 나 역시 그중 한 명이었다. 30명 안에 들려면 세 번의 오디션을 통과해야 했다. 처음 오디션 장소에 가니 심사위원들이 무심한 표정으로 앉아 있었다. 이 사람들

눈에 들어야 된다고 생각하니 무섭기도 하고 떨리기도 했다. 긴장된 마음을 가라앉히고 차분히 노래를 불렀다. 한창 팝송에 빠져 있을 때라 영화 〈보디가드〉 OST 중에서 휘트니 휴스턴의 'Run to you'를 불렀다. "아이워너 런~~투유~~ 후우우 아이워너 런~투유 후우우" 내 노래에 심사위원들이 웃었다. 목소리는 비슷하지만 느낌이 비슷하지 않다며 핀잔을 주셨다. "노래는 단순히 잘해서 되는 게 아니라 듣는 이에게 감동을 줄 수 있어야 해요." 하지만 나에게 가능성이 보인다며 예선 합격이라는 좋은 결과를 주셨다. 나는 또 한 번의 기회가 주어진 게 신나서 친구들한테 마구 자랑했다. "얘들아, 나 TV에 나온다~!"

Mnet 〈배틀신화〉는 지금의 〈슈퍼스타 K〉, 〈K팝 스타〉와 같은 형식이다. 신화 기획사에서 나온 심사위원들이 예선에 합격한 사람들의 춤, 노래를 감상하고 본선에 오를 30명을 선발하는 것이다. 정보경! 생애 최초 케이블 TV 풀샷을 받을 수 있는 기회! 하지만 300명 중에 30명 안에 들려면……. 엄청난 경쟁률이다. 10 대 1. 쟁쟁한 경쟁자들 10명을 제쳐야 내가 붙을 수 있다니……. 하지만 여기까지 올라온 내 자신을 믿기로 했다. 전국에서 300명 안에 든 사실만으로도 내 자신이 대견스럽고 용기가 생겼다. 자만해서는 안 되겠지만, 그래도 나에게 '자신감'이라는 처방전을 내리는 게 좋을 것 같았다.

하지만 문제가 생겼다. 〈배틀신화〉 작가님이 스튜디오에 5시까지 오라고 한 것이다. 정규수업은 3시 30분까지이지만, 보충수업까지 하면 4시 30분에 끝나기 때문에 5시까지 오디션에 참가하기란 불가능했다. 절망적이었다. 게다가 우리 담임 선생님은 깐깐하기로 유명했다. 스물여덟의 총

각 선생님이었는데, 처음 담임을 맡으셔서 그런지 과한 애정과 관심을 베풀어주셔서 도무지 빠져나갈 틈이 없었다. 내가 쓰러지지 않는 이상 힘들었다. 솔직하게 말씀드리면 안 된다고 할 게 뻔했다. 내 꿈도 중요하지만 당장은 공부가 우선이라고, 공부를 해서 대학에 가는 게 먼저라고 한 시간 동안 설교를 하실 게 뻔했다.

공부 VS 오디션 = 선생님 VS 아빠

"공부는 학생의 의무다"라고 어른들은 말한다. 공부가 답이라고. 공부를 잘해야 고생하지 않고 편하게 살 수 있다고. 한 아이가 말을 알아듣기 시작하는 순간부터 스무 살이 될 때까지 수백 번은 듣는 소리다. 나는 그런 어른들의 편견이 너무 싫었다. 그렇게 말하는 데는 어른들 나름의 이유가 있겠지만, 내 마음 한편에서는 알 수 없는 반항심이 싹트기 시작했다. 내가 왜 공부를 잘해야 하는 거지? 정말 공부를 잘하면 편히 살 수 있다고? 대체 어떻게 사는 게 편하게 사는 건데? 편하게 사는 게 정말 행복한 삶인가?

이렇게 대꾸하고 싶기도 했다. 내 삶을 당신들이 살아주는 건 아니잖아요. 공부는 하고 싶을 때 해야 잘 되고 능률도 올라가잖아요. 내가 하기 싫은데 억지로 하면 그건 아무 소용없는 짓인 것 같다구요.

그래도 내가 학창 시절 삐뚤어지지 않을 수 있었던 건 엄마 아빠가 나의 이런 생각을 이해해 주고, 나를 있는 그대로 받아주셨기 때문이다. 그러나 우리 담임 선생님은 달랐다. 내가 오디션 보러 다니는 걸 탐탁지 않게 여기시며, 내가 한때 겉멋이 들어 가수들을 쫓아다니는 거라고 판단하셨다.

"네가 나중에 대학 가서 얼마나 후회하게 될지 아니? 그때 정신차려 봤자 지금 해야 하는 노력보다 두 배, 세 배로 피눈물 흘리며 노력해야 될 걸. 네 인생이 빤히 보인다."

내 앞날을 정확히 내다보는 것처럼 걱정하고 조언해 주시는 게 마음에 들지 않았다. 그때만 해도 지금보다 어렸던 나는 담임 선생님을 이해할 수 없었다. 그저 나를 이유 없이 싫어하고 미워하는 것 같았다. 담임 선생님에 대한 적개심과 분노로 끝내 대들기까지 했다.

"선생님! 선생님 눈엔 제 인생이 빤히 보이신다고요? 그럼 선생님은 언제 결혼하실 수 있을 것 같아요? 선생님이 무당처럼 제 앞날을 보실 줄 안다는 건데, 선생님 앞날은 안 보이시는 건가요? 어떻게 선생님 앞날은 안 보이시면서 제 앞날은 보인다고 말씀하시는 건가요?"

선생님은 내 말에 충격을 받으시고, 나를 복도에 내보내 한 시간 동안 무릎 꿇고 손들기 벌을 내리셨다. 팔은 아팠지만 마음 하나는 유쾌, 상쾌, 통쾌했다. 속에 쌓인 말을 뱉어내고 나니 적에게 펀치를 한 방 날린 것 같은 기분이랄까. 하지만 선생님은 꽤 충격을 받으신 것 같았다. 우리 집에 전화까지 하셨다. 나는 거실에서 통화 내용을 몰래 엿들었다. 선생님이 나에 대해 안 좋은 얘기를 하시는 듯했다. 보경이가 영어 단어는 잘 외우는데, 다른 건 전혀 열심히 하지 않아 너무 아쉽고 안타깝다고. 어머니께서 보경이를 좀 잡아달라고. 내 귀엔 어머니가 호되게 혼내주시라는 말로 들렸다. 아, 담임 선생님이 너무 미웠다. 사태의 심각성을 깨달았다. 엄마한테 무지하게 혼날 걸 생각하니 앞이 캄캄했다. 엄마는 담임 선생님께 심려 끼쳐드려 죄송하다고, 보경이를 좀 더 공부에 의욕적인 아이가 될 수 있도록 만들겠다고 답하셨다.

그런데 담임 선생님은 엄마에 그치지 않고, 아버지께도 전화하셨다. 나를 단단히 잡을 작정이었나 보다. 그런데 담임 선생님의 지도 부탁에 아버지는 강력한 폭탄을 날리셨다.

"아니, 애가 공부하기 싫다는데 왜 억지로 시키시려 합니까? 선생님은 하기 싫은 거 하라고 하면, 하고 싶으십니까? 저는 그냥 내버려 둘 겁니다. 언젠가 자기가 공부가 꼭 필요하다는 생각이 들면 하겠죠."

이럴 수가……. 우리 아버지는 정말 점잖으신 분이다. 하지만 그때 나에 대해 화가 나서 그렇게 말씀하셨는지 아니면 진심을 토해내신 건지 지금 생각해도 궁금하다. 담임 선생님은 아버지와의 통화 내용을 나에게 한 자도 틀림없이 말씀하시며, 이를 어쩌면 좋으냐고 기함을 하셨다. 나는 당시 선생님을 싫어했으므로, 아빠 말에 백 배 공감했다. '역시 우리 아빠다'라는 생각으로 아빠를 존경했다. "쌤통이다!"라고 혼잣말로 중얼거렸다. 결국 이러한 일로 나는 담임 선생님과 사이가 더 안 좋아졌지만.

보충수업 빼먹기 프로젝트

오디션 당일. 담임 선생님은 오디션을 보러 간다고 하면 분명 보충수업을 빼주지 않을 것 같았다. 오디션 걱정에 수업은 머릿속에 들어오지도 않았다. 그렇게 3시쯤 되었을까. 번뜩이는 아이디어가 떠올랐다. 당시 학생들 사이에서 '아폴로 눈병'이 유행했었는데, 아폴로 눈병에 걸린 척을 해서 보충수업을 빼먹기로 마음먹었다. 그러려면 눈을 벌겋게 만드는 게 급선무였다.

눈을 비볐다. 하지만 생각만큼 빨개지지 않았다. 어떻게 하면 눈을 빨갛게 만들어 아폴로 눈병인 것처럼 보일 수 있을까. 그래, 그거야! 나는 학교 급식실에 가서 뒷정리를 하고 계시는 아줌마들께 양파를 좀 달라고 했다.

"양파? 양파는 왜?"

"음…… 사실 제가 양파를 완전 좋아하거든요. 하루에 한 번씩 양파를 안 먹으면 공부가 잘 안 될 정도예요. 곧 야간자율학습을 해야 하는데 양파를 못 먹으면 책이 손에 잡히지 않을 것 같아서요.”

아줌마는 뭐 이런 애가 다 있냐는 듯 황당한 표정으로 양파를 주셨다. 나는 급식실에서 받은 양파를 가지고 후다닥 화장실로 향했다. 화장실 거울 앞에서 심호흡을 한 번 한 후, 양파를 눈에 갖다 댔다. 아아아아악~! 매웠다. 눈물이 나왔다. 그러나 나는 멈추지 않고 양파를 계속 눈에 비볐다. 그제야 눈이 시뻘게졌다. 그래, 이 정도면 될 거야. 나는 벌겋게 충혈된 눈으로 담임 선생님께 달려갔다.

그러나 담임 선생님은 날 의심하는 눈치였다. ‘하긴, 믿으면 바보지.’ 할 수 없이 양호 선생님께 도움을 요청하기로 했다. “선생님, 저 눈이 아파요. 아무래도 아폴로 눈병에 걸린 것 같아요.” 내 연기가 먹혔던 걸까? 양호 선생님은 제법 믿으시는 듯했다. 양호 선생님은 눈병에 걸렸을 땐 빨리 병원에 가는 게 시력 악화를 막는 길이라며 담임 선생님께 보여드릴 진단서를 끊어 주셨다. 살았다! 난 진단서에 감사의 뽀뽀를 날렸다. 그러고는 진단서를 가지고 담임 선생님을 다시 찾아갔다. 담임 선생님은 여전히 못마땅한 눈치였지만, 어쩔 수 없이 3시 30분까지의 정규수업을 마치고 병원에 가라고 허락해 주셨다. 야호! 드디어 예선을 볼 수 있는 기회가 주어졌구나! 맘속에서 환호 소리가 울렸다. 그렇게 나는 신나는 걸음으로 교문을 나섰다.

학교에서 지하철역으로 가는 버스를 타고, 또 인천 지하철에서 서울 지하철로 갈아타야 하는 먼 길이었다. 하지만 하나도 힘들지 않았다. 내가 살아 있다는 느낌이 들었다.

　이윽고 학동에 있는 Mnet 방송국에 도착했다. 로비에는 가수를 꿈꾸는 300명의 오디션 참가자들이 스튜디오 밖에서 자신의 순서를 기다리고 있었다. 순번표를 받고, 오디션 차례를 기다리며 스튜디오 안을 몰래 들여다보았다. 스튜디오 중앙에는 엄청나게 큰 카메라와 TV에서만 보던 무대조명 장치가 설치되어 있었고, 심사위원이 앉아 있었다.

　'오, 하느님 부처님! 제발!'

　긴장이 최고조에 달했다. 피디님께서는 우리가 노래하는 모습을 신화에게 보여줄 테니 잘하라고 말씀하셨다.

　'아! 신화 오빠들에게 내 노래를 들려주다니……! 생각만 해도 오금이 저린다! 누구보다 잘 불러야지!'

　내 앞사람은 나보다 한 살 많은 언니 같았는데, 작은 체구와 흰 피부에 여리여리해 보이는 외모였다. 하지만 노래를 시작하니 상당히 허스키하고 보이시한 목소리가 매력적이었다. 이분이 지금 '브라운아이드걸스'의 손가인 씨 되시겠다.

　다음은 내 차례. 이번에는 빅마마의 '체념'을 불렀다. 이 곡은 안정되고 깔끔한 고음 처리와 감정이입이 관건이다. "널 미~워해야만 하는 거니. 아니면 내 탓을 해야만 하는 거니. 시간을 돌릴 수만 있~다면 다시 예전으로 돌아가고 싶은 마음뿐이야" 한 소절을 불렀다. 너무 떨어서인지 음정이 살짝 불안했다. 내 자신이 싫었다. 하지만 큰 실수는 하지 않은 게 다행이다 싶었다. 심사위원들의 평이 이어졌다. 목소리가 허스키하고 성량이 큰 게 장점이지만, 음정이 불안하다며 조금 더 노력하라고 조언해 주셨다.

나는 터벅터벅 힘없는 발걸음으로 스튜디오를 나왔다. 집에 가고 싶었지만 작가 언니가 당일 결과가 나오니까 300명의 인원이 오디션을 다 볼 때까지 기다리라고 하셨다. 떨어질 게 뻔했지만 혹시나 하는 마음으로 일 분 일 초 맘 졸이며 기다렸다.

드디어! 9시가 되니 오디션이 끝났다며 작가 언니가 나와서 합격자를 차례로 호명했다. 이 많은 인원 중 30명만이 살아남게 된다. 두근두근 콩닥콩닥. 첫 번째부터 합격자의 이름이 불려졌다. 1번, 참가번호 몇 번 ○○○ 씨, 2번, 몇 번 ○○○ 씨……. 스튜디오에는 긴장감이 흐르고, 다들 상기된 얼굴로 조용히 발표를 기다렸다. 15명 정도 호명되었을 때, 내 마음이 덜컥거렸다. 역시나…… 떨어지는구나 싶었다. 하지만 다음 순간, 내 이름 세 글자가 귀에 들어오는 게 아닌가! 17번, 정보경 양.

순간 내 주변 사람들은 보이지 않고 나는 나도 모르게 미친 듯이 환호하며 소리를 질렀다. 와! 감사합니다! 오, 하느님, 부처님, 조상님! 모두모두 감사합니다! 나의 꿈에 한 발짝 다가가는 순간이었다. 나는 이미 대스타가 되기라도 한 것처럼 신나서 날뛰었다. 그렇게 누군가는 웃고, 누군가는 씁쓸히 떠나야 되는 합격자 발표 시간이 끝났다.

MC였던 강병규 씨가 스튜디오로 들어와 우리에게 축하한다며 웃어주었다. 최종 합격자인 30명을 소개하는 촬영을 해야 하니, 강병규 씨 주변으로 모여 서라고 했다. 방송이 어떻게 돌아가는지, 촬영을 어떻게 하는지, MC가 멘트를 어떻게 치는지 가장 가까이서 볼 수 있었던 좋은 기회였다. 강병규 씨의 마지막 멘트로 촬영이 끝났다. "여러분! 배틀신화 1기 최종 30명이 뽑혔습니다. 과연 이들이 제2의 신화가 될 수 있을지 기대됩니다. 다음 시간에는 이들이 부른 노래를 가지고 찾아뵙겠습니다! 다음에 봐요!"

집에 돌아가는 길, 나는 벅차오르는 환희와 감동에 입이 귀에 걸려 있었다. 후훗. 뭔가 잘될 것 같은 기분 좋은 예감에 휩싸인 채 스스로에게 잔뜩 도취되어 있었다.

학교종이 땡……땡이를 치자
저 담 넘어 헬기를 띄우자
세상은 넓어, 책상은 절벽
떨어지기 전에 난
내 맘을 던져
낙하산으로 떠난다
맑은 낮과 밤으로
바다와 산으로
고! 고 어서 도! 도망쳐, 자!
(절망 선생님이 떴다!)

_에픽하이, 〈High Skool Dropout(반항하지 마)〉 중에서

가수가 아니면 안 돼!

그 후 〈배틀신화〉의 본격적인 촬영이 시작되었다. 1기 30명 중에는 개성 있는 사람이 많았다. 당시 같이 뽑혔던 참가자들 중에 지금 유명한 스타가 된 사람들도 있다. 브라운아이드걸스의 손가인 언니와 빅뱅의 승리. 특히 빅뱅의 승리는 이미 광주 지역에서 유명했고, 팬클럽까지 있었다. 촬영을 하는 동안 참가자들끼리 서로를 힐끔힐끔 쳐다보면서, 마음속으로 질투도 하고 괜히 우쭐해 하기도 했던 것 같다. 그래도 같은 목표를 가진 사람들끼리 뭉쳐 있다는 게 좋았다. 서로 사는 곳도, 생긴 것도, 목소리도 달랐지만 사람들에게 인정받는 가수가 되고 싶다는 마음 하나만큼은 똑같았으니까.

본방송을 위한 첫 번째 미션이 주어졌다. 각 6명씩으로 이루어진 다섯 개의 조가 신화의 히트곡을 하나씩 공연하는 거였다. 각 조의 멤버 수 6명은 신화의 멤버 수 6명을 의미하는 거니까 각각 신화 멤버 한 사람의 역할을 맡는 거였다. 여기서 정말 날 놀라게 했던 건 공연 장소였다. 신화 오빠들의 콘서트가 열리는 올림픽 운동장 앞이 공연 장소였다. 아, 내가 오빠들 앞에서 오빠들의 노래를 부르다니!

우리가 맡은 곡은 'Hey, come on!'이었다. 신화 백댄서들이 직접 안무 지도를 해주러 왔다. 내가 중학교 때 신화를 쫓아다니면서 마주친 낯익은 얼굴들이 보였다. 신기했다. 무대에서 늘 카리스마 넘치는 모습을 보여주던 백댄서 언니들에게 하나하나 동작을 배우다니, 영광이었다.

그런데 나는 다른 조원들에 비해 안무를 익히는 속도가 많이 뒤처졌다. 내가 잘 못하는 수학 공식 외우기만큼이나 춤 동작이 어려워 보이기만 했다. 나를 제외한 조원들은 나보다 더 빨리 안무를 흡수해서 익히고 있었다. 계속 나 혼자서 안무를 틀리자 조원들의 따가운 눈초리가 느껴졌다. 그중 제일 나이 많은 언니가 "야, 그렇게 춤춰서 어떻게 가수가 되겠니?"라고 핀잔을 줬다. 나는 나 자신이 원망스러웠다. 내 몸은 왜 이러지? 왜 다른 조원들처럼 몸이 따라주지 않는 거야? 처음에는 조심스럽게 눈치만 주던 조원들이 슬슬 압박을 가하기 시작했다. "너 아이돌 연습생 맞아? 이렇게 해서 어떻게 가수가 될래?" 솔직히 그들이 화내는 게 나 스스로도 이해가 돼서 반박할 수도 없었다. 그냥 묵묵히 연습하고 백댄서 언니들을 더 괴롭히는 수밖에 없었다. 공연 전날까지도 나는 나머지 수업을 받았고, 학교에서는 수업 시간에도 춤 연습을 했다. 선생님 몰래 책에 춤 동작을 그리거나 머릿속으로 춤 동작을 해보면서.

아, 춤을 외우면서 내 머리가 참 안 좋다는 걸 깨달았다. '이거 뭐야, 몸도 안 따라주고, 안무는 외워지지도 않고. 난 아예 안 되는 거야? 일찍 포기하는 게 나은 거야?' 이런 생각도 들었지만, 그래도 주어진 기회에서 만큼은 최선을 다하고 싶었다. 춤 연습을 하는 일주일의 기간 동안 잠도 줄이고, 깨어 있는 동안은 오직 안무 생각만 했다. 그러다 보니 꿈에서 춤 연습을 하기도 했다. 결국 바다에서 흐느적거리는 오징어 같기만 하던 내 몸도 조금씩 나아지는 것 같았다. 그렇게 발악 같은 연습이 이어지고 대 망의 공연 날이 다가왔다.

우리는 한껏 메이크업을 받고 공연장으로 향했다. 공연장은 신화의 공연을 보러 온 팬들로 북적였다. 다들 주황색 우비를 입고 있었다. '작년 까지만 해도 내가 저 주황색 우비 중 한 명이었는데……' 피식 웃음이 나 왔다. 혹시 내가 아는 신화 팬들이 있을까 궁금하기도 했다.

공연장은 큰 트럭으로 된 간이 무대였는데, 꽤 근사했다. 신화 팬들 앞에 서니 내가 신화가 된 것처럼 우쭐한 마음이 생겼다. '내가 바로 신화 다. 지금 이 순간만큼은 내가 신화가 되어 공연을 하리라' 마음먹었다. 나 의 이 근거 없는 자신감을 누가 막으랴.

우리 조 차례가 되고 'Hey, come on!' 노래가 나왔다. 나는 흰색 와이 셔츠에 검은 넥타이를 하고 있었는데 넥타이가 내 뺨을 휘갈길 정도로 열 심히 춤을 췄다. 나를 봐주는 신화 팬들이 고마웠다. 나도 나중에 이런 팬 들이 있는 가수가 되어 있겠지? 나의 팬들에게 잘해줘야겠다고 다짐했 다. 빅뱅으로 데뷔하기 전부터 팬클럽의 응원을 받고 있던 승리를 보면서 미래의 내 팬클럽도 생각했다. 아, 행복해.

며칠 후, 방송에 내 모습이 나왔다. 춤 연습 하는 장면, 내가 노래 부 르는 장면을 신화가 평가하는 장면이었다. 그런데, 아뿔싸! 내가 너무 긴장해서일까. 노래를 부르며 중간에 호흡을 하는 장면에서 숨을 너무 크게 들이마신 나머지 콧물을 훌쩍이는 소리가 났다. 스읍, 훌쩍! 신화 오빠들은 그 모습을 보고 크게 웃었다.

"하하, 노래를 부르는데 왜 코를 들이마시지?"

앗, 나의 실수! 쪽팔려. 친구들이 볼까 봐, 악플이 달릴까 봐 걱정됐다. 하지만 어쩔 수 없다. 통째로 편집되는 것보다는 낫지 않은가 싶기도 했고. 그렇게 한바탕 망신을 당했지만, 춤을 추는 장면은 꽤 괜찮게 나왔다. 친구들도 "오~ 제법인데" 하는 반응을 보여 주었다.

그러나 나는 최종 7명에 선택되지는 못했다. 당시 최종 7명은 코카콜라 홈페이지 투표를 통해 뽑히는 거였는데, 나는 아쉽게도 8위로 끝을 맺어야 했다. 하지만 난생처음 TV 출연도 하고, 좋은 동료들과 즐거운 시간을 보냈던 터라 후회는 없었다. 무대에 섰을 때 나는 정말 행복했다. '내 삶이 존재하는 이유는 바로 이 순간 때문이야!'라고 느껴질 정도였다. 나는 남들이 뭐래도 열정적으로 춤췄다. 나의 끼가 온몸으로 퍼지는 순간들이었다. 비록 우리 조가 1등을 하진 못했지만 서로의 꿈에 대해 확신을 가지게 될 수 있었다. 우리는 뼛속부터 가수라는 것을! 가수가 아니면 안 된다는 것을!

어렸을 적 라디오에서 흘러나오던 노래가
한순간에 내 인생을 통째로 바꿀 줄이야

노래는 소리칠 수 있게 해줬고
노래는 울어도 괜찮다 해줬고
노래는 내 몸 속에 감춰진 나도 모르던 세포까지
한꺼번에 잠 깨웠지

문도 없는 벽에 부딪혀 무릎 꿇으려 했을 때
손 내밀어 일으킨 건 결국 내 맘속 노래야

노래는 꿈을 꿀 수 있게 해줬고
노래는 다시 힘을 내게 해줬고
노래는 독약 같은 세상에 더럽혀졌던 혈관까지
짜릿하게 뚫어주었지
가슴을 치는 노래여

_이적, 〈노래〉 중에서

아빠 꿈은 PD, 내 꿈은 아이돌!

　　우리 아빠는 현재 인천시청 행정직 공무원이다. 하지만 어렸을 적 아빠의 꿈은 PD였다고 한다. 대학생 때 공연장, 극장을 들락날락하고, 기타 동아리에서 활동하고, 카페에서 공연도 할 정도로 음악, 영화에 관심이 많으셨다. 하지만 할머니의 반대와 집안 형편 때문에 어쩔 수 없이 공직의 길을 택하셨다. 친구들이 우리 집에 놀러 올 때마다 "너희 집은 예술가의 집 같아. 없는 게 없어"라고 할 정도로 영사기, 진공관 스피커, 3천 장가량의 레코드판, 필름, DVD 들이 집을 빼곡히 채우고 있다.

　　아버지는 퇴근 후 늘 영화 필름 작업을 하셨고, 영사기를 통해 영화를 감상하셨다. 어린 내게 영사기를 통해 스크린으로 영화가 나오는 모습은 신선한 충격이었다. 커다란 스크린에 외국 배우들이 등장하는 모습은 정말 신기했다.

　　우리 집 안방은 아빠의 작업실이다. 안방에 들어가면 제일 먼저 나를 반기는 건 시큼한 냄새, 쇠로 된 필름 덮개의 냄새이다. 영화 필름이 방 천장까지 빼곡하게 쌓여 있고, 한쪽 구석에는 아빠의 책상과 그 위에 필름 돌리는 장치가 버티고 있다. 영화를 돌리려면 필름을 되감아야 한다. 기계에 영화 필름을 끼우고 스위치를 누르면 옆의 동그란 쇠틀에 필름이 옮겨져 반대 방향으로 되감아지는데, 이렇게 필름을 다 돌리고 나서 이 필름을 영사기에 맞춘 후 다시 돌리면, 한 장면 한 장면이 빠르게 바뀌며 움직인다. 영화는 한 장면에 보통 열 개 정도의 사진으로 된 필름으로 이루어져 있다. 나는 이 사실을 알고 정말 놀랐다. 카메라로 된 작은 테이프로 영화를 트는 게 아니라, 카메라에 담긴 장면을 하나하나 일일이 사진으로 된 필름으로 바꿔서 빠르게 돌리는 거라니…….

그러고 보면 나는 영화보다 영사기 돌아가는 걸 보는 게 더 좋았던 것 같다. 영사기 돌아가는 소리도 참 좋아했었다. 아빠가 영사기를 돌리고, 그 옆에서 영화를 볼 때면 나만의 영화관에 온 느낌이었다.

나는 아빠 덕에 어렸을 때부터 음악도 많이 접했다. 일요일이면 아빠는 아침부터 클래식을 크게 틀어 놓으셨다. 그런데 나한테 그 소리는 음악이 아니라 휴일 아침 단잠을 깨우는 불청객일 뿐이었다. 아빠는 주로 현악을 들으셨는데, 곤히 잠들어 있는 내게 그 바이올린 소리는 엄마 잔소리, 무서운 체육 선생님의 호통과도 같았다. 나는 토요일 밤만 되면 내일은 제발 내가 늦잠 잘 수 있게 해 달라고 부탁을 하기도 하고 대들며 말하기도 했지만, 일요일 아침이면 어김없이 클래식 음악이 나를 깨웠다. 내 말이면 다 들어주는 아빠였지만, 그런 아빠에게도 음악은 절대 포기할 수 없는 무엇이었던 것 같다.

내가 존경하고 사랑하는 우리 아빠는 한없이 부드러운 사람이다. 그런데 영화나 음악에 관해서만큼은 우리 가족 누구도 아빠의 고집을 꺾지 못한다. 안방을 아빠 작업실로 삼는 것에 대해 엄마는 강력히 반대했었는데, 누가 봐도 엄마의 반대는 정당한 것이었다. 하지만 아빠는 설득, 회유, 협박, 애교 등 갖은 수단을 동원해 안방을 작업실로 쟁취하셨다.

일요일 아침의 클래식 음악 역시 나와 오빠의 강력한 항의에 부딪친 적이 한두 번이 아니었지만 절대 포기하지 않으셨다. 한창 사춘기 때는 그런 아빠가 얄밉기도 했다. '왜 아빠는 자신의 취미로 다른 가족들을 괴롭히는 거지? 왜 우리가 아빠 혼자만의 취미를 위해 희생해야 하는 거냐고!'

그런 아빠의 마음을 아이돌의 꿈을 키우면서 이해하기 시작했다. 나는 아이돌이 되기를 간절히 소망했다. 그런 내게 다른 사람들의 무시나 충고, 걱정 따위는 전혀 들리지 않았다. 내 꿈을 믿었고, 내 꿈을 방해하는 그 어떤 것도 난 이겨낼 수 있다고 생각했다. 멀리 보이는 꿈과 그 꿈을 향한 노력이 날 살아 있게 해줬고, 날 행복하게 해주었다. 그런데 아빠는 가정 형편 때문에 그 꿈을 접어야 했던 것이다. 아빠에게 가장 후회가 남는 것은 도전조차 못 해본 것이었다. 취업 전선에 내던져졌을 때, 불확실한 가능성을 안고서 PD가 되겠다고 할머니께 말하는 것이 아빠에게는 너무 어려운 일이었을 것이다. 그러고 보면 나는 행복한 세대다. 취업률은 곤두박질치고, 이십대의 미래는 불안하다고들 하지만, 그래도 꿈을 시도해 볼 기회가 충분하지 않은가. 꿈조차 가지지 못하고 당장 생계 전선에 뛰어들어야만 했던 우리 부모님 세대들과 비교해 보면 오히려 좋은 조건인지도 모른다. 아빠는 그 한이 남아서 지금 취미로라도 그때의 꿈을 계속 지켜가고 있는 것이었다. 아빠에게 미안하고, 고마웠다. 주변에서 가당치 않다고 말릴 때, 담임 선생님이 전화로 내 훈계를 부탁하셨을 때, 항상 내 편을 들어준 아빠. 그런 아빠 덕에 나는 후회 없을 만큼 도전할 수 있었다.

데모 테이프 만들기

서류 전형에서 수없이 미끄러졌던 나. 두 번의 방송 출연 후에 오디션 기회가 종종 주어지기도 했지만, 여전히 내게 데뷔의 길은 멀게만 느껴졌다. 오디션만이라도 실컷 보고 싶었다. 그래, 서류만으로는 내 매력을 다 평가할 수 없을 거야. 나는 내 노래를 담은 데모 테이프를 만들어 여러 기획사에 보내기로 했다.

먼저 데모 테이프 제작을 위해 인터넷을 검색해 보았다. 서울, 특히 강남 쪽은 가격이 많이 비쌌다. 고등학생인 내 용돈으로는 어림도 없는 금액이었다. 하는 수 없이 방문하게 된 곳은 인천의 외진 스튜디오. 연습실은 뽕뽕 모양의 푹신거리는 스펀지 재질의 벽으로 방음 장치가 돼 있었다. 퀴퀴한 냄새가 코를 찔렀다. 연습실은 작았지만 연습실 주인의 포스가 심상치 않았다. 음악에 조예가 깊으신 분 같았다. 나는 이곳을 찾아온 이유를 밝히고, 잘 부탁드린다고 말했다. 그분은 나같이 가수가 되고 싶어

하는 아이들에게 개인 레슨을 한다고 했다.

오, 가수 지망생들을 개인 레슨하는 분이라니! 잘 찾아온 것 같았다. 나는 다음 주까지 데모 테이프를 녹음해야 하니 도와달라고 무작정 졸랐다. 선생님은 반주를 틀어주시며, 노래를 한번 불러보라고 했다. 그렇게 한 곡을 부르고 나니 스튜디오에 울려퍼지는 선생님의 호통 소리!

"노래는 듣는 이로 하여금 깔끔하고 매끄러운 느낌을 줄 수 있어야 돼. 한 소절 한 소절을 정확하게, 신경 써서 불러봐."

그리고 악보를 직접 뽑아서 그 악보를 보면서 리듬을 익히라고 하셨다. 또한 노래에는 강약 조절이 중요하니 어떤 부분에서 약하게, 강하게, 크게 질러야 할지 노래를 듣고 악보에 직접 체크를 하면서 따라해 보라고 조언해 주셨다. "노래에도 강약이라는 게 있어. 계속 강하게 지르면 감동이 없잖니. 절제해야 될 부분에서는 어느 정도 절제를 해줘야 하이라이트 부분이 빛을 발휘하지."

첫 녹음 후, 내가 부른 노래를 틀어 주셨는데…… 아, 정말 내가 들어도 너무너무 오글거리고 창피했다. 내 목소리가 이렇게 남자 같다니……. 목소리 성형이라도 해야 되나 싶은 생각이 들 정도로 내 목소리는 정돈되지 않고 지저분한 느낌이었다. 잡음이 많이 끼었다고나 할까. 일단은 음색을 최대한 깔끔하고 단정하게 다듬는 게 급선무였다. 그렇게 두 시간을 똑같은 노래를 반복해서 녹음하고 집에 돌아온 후, 정보경만의 본격적인 목 관리에 들어갔다. 좋은 소리를 내기 위해선 목 관리가 필수라고 조언해 주신 선생님의 말을 되새겼다. 각종 과일을 사서 먹고, 찬 바람을 쐬지 않기 위해 노력했다.

내가 녹음할 곡은 앤의 '혼자 하는 사랑'이었는데, 앤은 나랑 비슷한 저음의 목소리 톤에 R&B 계열의 노래를 주로 불렀다. 리듬 앤 블루스를 뜻하는 R&B는 흑인들이 즐겨 부르는 장르로, 흑인들이 옛 노예 시절의 서러움을 달래기 위해 불렀던 노래에서 유래했다고 한다. 그래서 리듬을 상당히 중요시 여기기 때문에 나도 리듬에 신경을 많이 쓰기로 했다. 그렇게 이런저런 고민을 하며 버스를 타고 집에 돌아왔다.

연습만이 살길이다! 난 안방의 작은 베란다에 들어갔다. 베란다는 춥지만 가장 방음이 잘 되기 때문에 내 연습실이자 아지트가 되곤 했다. CD 플레이어에 CD를 넣고 재생 버튼을 눌렀다. 이어폰을 귀에 꽂고 노랫소리를 최대로 켜니, 귓속엔 가수의 목소리밖에 들리지 않았다. 나는 마치 그 가수가 된 것처럼 한 소절 한 소절에 의미를 두고 감정을 이입했다.

"또 하루가 저물어 가네요. 그리움도 잠들 시간이죠. 오늘도 난 혹시나 하는 마음으로 또 그대를 기다려 봤죠. 오지 않을 걸 알고는 있지만 기다림으로 행복할 수 있죠."

이 노래는 주인공이 떠나보낸 옛 애인을 잊지 못해, 여전히 가슴속에 간직하고 기다리는 마음을 담은 것인데, 연애 경험이 전무한 나는 이 가사를 이해하기가 벅찼다. 최대한 슬픈 감정과 체념의 감정을 살리기 위해 노력했다. '그대'를 '날 거부하는 기획사'라고 여기며 감정 이입을 하기도 했다. 그렇게 한 소절 한 소절에 감정을 넣어 부르니, 노래가 한결 더 부드러워지고 자연스러워진 느낌이 들었다. 나는 하루에도 수십 번씩 노래를 따라 불렀다. 노래를 너무 많이 하니 머리가 심하게 울렸다. 배도 금방 고파지고 진이 빠지는 기분이었다. 혼자 반주에 맞춰 노래를 불러봤다. 맘에 들지 않았다. 나는 5일 동안 똑같은 노래를 200번 넘게 반복해 불렀다. 악보를 볼 때는 음표를 연결해 음의 높고 낮음을 숙지했다. 그렇게 연습의 연습을 거듭하는 시간이 흐르고 녹음 날이 다가왔다.

　　나는 비장한 각오를 다지고 녹음에 임했다. 하지만…… 또다시 선생님의 호통이 이어지고, 나는 좋은 노래가 나올 때까지 계속 반복하며 노래를 불렀다. 선생님은 그래도 며칠 사이에 실력이 많이 늘었다며 칭찬도 해주셨다. 배가 고프고 머리가 아프고 힘들었지만 참았다. 녹음실에는 내 목소리밖에 들리지 않았다. 비록 프로처럼 화려하고 기교 있는 목소리는 아니었지만 나름 나의 색깔이 담긴 노래가 완성되었다. 데모 테이프를 완성하자 뿌듯한 마음이 들었다. 야호!

기획사 오디션…… 낙방, 낙방, 또 낙방

〈배틀신화〉 오디션으로 고등학교 2학년 봄이 지나가고, 어느덧 여름 방학이 다가왔다. 나는 당시 핑클이 소속되어 있던 DSP엔터테인먼트 오디션에 응모했다. 1차는 이메일 접수였는데, 사진과 간단한 자기소개서를 요구했다. 나는 자기소개서에 Mnet 〈배틀신화〉와 MBC 라디오 〈별이 빛나는 밤에〉 두 프로그램의 방송 출연 경력을 적었다. 2주 뒤 오디션을 보러 오라는 전화가 왔다. 이번에는 정말 잘해야지. 두근두근 설레는 맘을 안고, 청담동의 한 연습실에 도착했다. 당시 데뷔한 지 얼마 안 된 그룹인 SS501이 소파에 앉아 있었다. "오디션 보러 오셨어요?"라고 내게 웃으며 인사해 줬다. 아~ 그 미소 하나에 일주일간 묵었던 피로가 다 씻기는 기분! 내 눈이 정화되는 순간이었다. 나는 김현중 오빠한테서 눈을 뗄 수 없었다. '조막만 한 얼굴에 앵두 같은 입술'이란 말은 이런 외모를 위해 태어난 말이구나.

내가 앉아 있던 소파 테이블에는 SS501의 사인이 적힌 폴라로이드 사진이 여러 장 있었다. 그때 나를 따라온 친구 중에 SS501의 광팬이 있었는데, 나는 그 친구를 생각하며 사진 두 장을 몰래 챙겼다. (죄송합니다. 저도 모르게 그만……. 이 글을 통해 사과드릴게요!)

옆방에서 어떤 여자가 노래를 부르는 소리가 들렸다. 상당한 실력이었다. 목소리가 호소력 짙으면서 맑았다. 아, 나도 저런 소리를 낼 수 있다면……. 오디션을 보러 작은 녹음실로 들어갔다. 그곳에 앉아 있던 실장님은 나에게 노래를 한번 불러 보라고 말씀하셨다. 나는 평소 자주 부르던 곡을 하나 불렀다. 실장님께서는 조금 더 깔끔하게 목소리를 다듬으라고 지적하시고는, 이은미 노래를 연습해서 2주 후에 다시 오라고 하셨다. 그렇게 나는 그곳을 세 번 방문했다. 끝내 불합격을 통보받았지만, 그렇게 큰 기획사 오디션에서 유명한 실장님 눈에 들어 몇 번 더 오디션을 보러 갔다는 것 자체가 영광이라 생각되기도 했다. 당시 조금만 더 열심히 했더라면, 그래서 내가 그 기획사에 합격됐다면 어떻게 되었을까. 그랬다면 카라와 한솥밥을 먹는 식구가 돼 있을지도 모르는데…….

나는 DSP 오디션에서 탈락한 후 JYP엔터테인먼트에 공개 오디션을 보러 갔다. 이 공개 오디션은 서류 전형 없이 홈페이지에 게시된 장소, 시간에 맞춰 방문하는 것으로 접수가 되는 형태였다. JYP 청담동 사옥의 지하 연습실에서 관계자들이 매주 일요일 공개 오디션을 심사했었다.

어느 일요일, 아침 일찍 나는 목을 가다듬고 집을 나섰다. 청담역에서 조금 걸으니 JYP라고 하얗게 적힌 건물이 보였다. 수많은 스타와 아이돌 가수들이 배출된 곳. 입구에 적힌 안내문을 따라 지하 1층으로 내려가 보니, 안무 연습실처럼 보이는 곳에 50여 명의 참가자들이 있었다. 오디션을 보러 왔다고 하니 차례로 번호표를 나눠 줬다. 오디션장은 그곳에 따로 마련된 작은 방이었는데, 참가번호 순서대로 한 명씩 오디션을 보고 캐스팅 디렉터로 보이는 분이 심사를 하는 것 같았다.

나는 긴장감에 물만 끊임없이 마시며 내 차례를 기다렸다. 오디션장 안에서 나오는 노랫소리. 다들 쟁쟁한 실력을 가진 것 같았다. 가끔 박수 소리나 웃음소리가 들리기도 했다. 드디어 내 차례. "안녕하십니까. 참가번호 13번 정보경입니다."

나는 앤의 '혼자 하는 사랑'을 불렀다. 그렇게 5분이 흐르고 캐스팅 디렉터가 발성 연습을 조금만 더 하면 좋을 것 같다고 지적하는 것으로 나의 오디션은 끝났다. 한나절을 기다린 결과가 단 5분 만에 판가름 난다고 생각하니 쓸쓸하고 허무했다. '아직은 많이 부족한 건가? 그래, 어떤 가수는 수백 번 거절당한 후에야 데뷔한다는데, 이 정도쯤이야.' 나는 애써 스스로를 위로하며 다시 집으로 향했다.

I am a girl just a girl 지나가는 걸 봐도 모르는 girl
전혀 예쁘지도 않고 눈과 코 평범하기 그지없는 사람

언젠가 내 안에 있는 내 특별함을 찾아내
보여줄 날이 있을까요
마음에 얼마 남지 않은 내 꿈을 다 잃기 전에
나에게 빛이 비칠 수 있을까요

우리는 B B B급 인생 A급이 되고 싶은
우리는 비 비 비정상들 정상에 서고 싶은

_Jr. 진운 강소라 김지수, '드림하이 2' OST 〈B급 인생〉 중에서

드디어 나도 기획사 연습생!

　　나는 그 후 이름 없는 작은 기획사의 오디션에 합격했다. 합격의 기쁨에 빠져 있는 것도 잠시, 그 기획사에선 내가 데뷔를 하려면 트레이닝이 필요하니 3개월에 300만 원의 트레이닝 비용을 지불하라고 했다. '300만 원? 우리 부모님께서 내가 아이돌이 되겠다는 꿈을 적극 지원해 주기는 하지만, 300만 원은 너무 거액인데.' 부모님께 말할 엄두가 나지 않았다. 우선 각종 포털 사이트를 뒤졌다. 트레이닝 비용, 기획사 사기에 대한 여러 글들이 검색되는 게 아닌가. 요즘이야 이런 사기에 대해 누구나 잘 알고 있지만, 그때만 해도 이런 사기가 확산되기 전이었다. 나는 포털 사이트에 올라온 글들을 보고 가슴을 쓸어내렸다. 에휴, 300만 원 날릴 뻔했구나.

　　나는 다시 기획사를 찾아가 얘기했다. "트레이닝 비용 말인데요, 가수를 키우는 기획사에서 트레이닝 비용을 내는 것 아닌가요?"

　　"그건 대형 기획사의 경우에나 가능한 얘기지. 물론 우리도 투자를 해. 하지만 같이 투자를 해야 하는 것 아닌가? 네가 내는 300만 원은 전체 트레이닝 비용에 비하면 아무것도 아니라고. 최소한의 비용 정도는 내는 게 예의 아냐? 그렇게 억울하면 대형 기획사로 가든지……" 어라? 기분이 나쁘긴 했지만 기획사 사장님의 말을 듣고 보니 일리는 있는 것 같았다. 나의 데뷔를 위한 거니까 나도 약간의 돈을 내야 하는 것도 같고. 데뷔 방법이 이상하기는 하지만 데뷔만 하면 되는 것 아닐까. 오만 가지 생각이 다 들었다.

어쩔 수 없다. 내가 알아서 해결하려고 했는데 안 되겠다. 나는 고민 끝에 부모님께 말씀 드렸다. 아빠가 바로 사장님께 전화를 걸었다. "그럼 여기서 데뷔한 다른 가수 좀 만날 수 있을까요?"

아빠는 어차피 우리는 이쪽에 대해서 전혀 모르니까 같은 상황에 처한 사람들을 만나보자는 의견이었다. 그런데 사장님이 거부했다. 함부로 다른 가수를 만나게 해줄 수는 없다면서. 점점 의심이 커졌다. 지금 생각해 보면 명백한 사기인데, 그때는 가수가 되고 싶은 마음이 커서 객관적으로 상황을 보지 못했다.

한때 기획사를 사칭한 사기 사건이 TV에서 많이 다뤄졌었다. 보도로만 접하는 사람들에겐 사기 당하는 사람들이 바보처럼 보일지도 모르겠다. 하지만 실제 그 상황이 되면, 그 유혹은 너무나 달콤하다. 연예인은 되고 싶고, 다른 통로는 없고, 데뷔할 수 있는 유일한 길이라면 놓치고 싶지 않은 것이다. 다행히 나는 눈치를 채고 벗어날 수 있었지만, 아이돌 지망생이라면 누구나 쉽게 걸려들 수 있는 덫이다.

결국 나는 기획사 연습생이 되었다는 너무나도 짧은 단꿈에서 금방

깨어나야 했고, 다시 제로 상태에서 오디션을 보러 다녔다. 화나고 속상했지만 학교에만 있을 때는 전혀 몰랐던 세상을 볼 수 있었다. '아는 게 힘!'이라는 말을 몸소 체험했다. 왜 우리 담임 선생님이 공부 공부 하는지 조금 이해할 수 있기도 했다.

사회에 나와서 내 주장을 제대로 펴려면 사회가 어떻게 돌아가는지, 어떻게 대응해야 하는지 알아야 하는 것이다. 물론 교과서에서 배우는 공부가 사회에서 그대로 적용되는 건 아니지만, 아이돌이 되기 위해서는 노래, 춤 말고도 알아야 하는 게 있다는 것을 깨닫게 되었다.

PART 4
멀어지는
꿈 때문에
미치다

목욕탕에서의 단독 공연

학창 시절, 누구나 수학여행에 대한 잊지 못할 추억과 사건들이 있을 것이다. 나 역시 고등학교 2학년 때 수학여행에서 웃을 수도 울 수도 없는 추억들을 잔뜩 쌓았다. 당시 우리 학교는 제주도로 수학여행을 갔는데, 학생들의 투표를 통해 갈 때는 배를, 올 때는 비행기를 타는 것으로 결정되었다. 그렇게 설레는 수학여행이 시작되고 인천 연안부두에서 배를 타게 됐다. 제주도까지 가는 데는 꽤 오랜 시간이 걸려, 하룻밤을 배에서 보내야 했다.

저녁쯤 되었을까. 너무 심심해서 폭발할 지경이었던 우리들은 말뚝박기를 시작했다. 한참을 미친 듯이 뛰어다니던 우리들은 체력이 다해 쉴 곳을 찾았다. 배 안에 쉴 곳이라고는 침실밖에 없었는데, 침실에서 쉬기엔 시간이 너무 일렀다.

나는 아르바이트 단짝 진영이와 함께 안락하면서도 신나는 곳을 찾아 배 안을 샅샅이 살펴보기 시작했다. 그렇게 한 걸음 두 걸음, 배 안을 뒤집고 다니다 어느덧 남학생들 침실 근처까지 가게 되었다. 혹시나 다른 애들이 우릴 보면 이상한 소문을 내겠지. 조심스러워졌다.

그리고…… 점점 남학생들의 침실 근처에 가까워지는 순간! 우리가 발견한 것은 목욕탕이었다! 배 안에 목욕탕이 있다니!

목욕탕은 여탕, 남탕으로 나뉘어져 있었다. 우린 여탕을 보고 "나이스!" 하고 외쳤다. 마치 물건을 하나 사면 하나를 더 주는 '원 플러스 원' 상품을 발견한 기쁨이랄까? 오호호호! 그렇게 나와 진영이는 배 안의 욕실을 이용했다. 남학생들 숙소 근처에 있다는 점이 조금 맘에 걸리긴 했지만 '뭐 별일 있겠어?' 하며 신나게 때를 밀었다. 탕 속에서 수영도 했다. 배부르고, 따뜻하고, 아아, 이곳이 바로 지상낙원이로구나! 목욕 중 다른 여자애들이 들어올까 봐 걱정했는데, 다행히 우리가 목욕을 하는 동안 아무도 들어오지 않았다. 하긴 어떤 여학생이 수학여행 가는 배 안에서 뱃삯 낸 값을 하겠다고 목욕을 하고 있겠나 싶어 웃음이 났다.

목욕을 하며 피로를 풀고 나니 다시 기운이 펄펄. 내일 있을 장기 자랑을 준비해야겠다는 생각이 들었다. 우선 바닥에 물기가 없는 부분을 찾았다. 목욕탕 안에는 우리 둘밖에 없어 꽤 넓은 공간을 확보할 수 있었다. 나는 바다가 보이는 창을 향해, 내일의 관객을 상상하며 춤 연습을 하기 시작했다. 내일의 장기 자랑은 노래보다 춤 중심이라 처음에는 춤만 췄는데, 하다 보니 신이 나서 노래까지 부르게 됐다. 그러자 잠자코 있던 진영이가 빽 소리를 질렀다. "야야, 너 내 친구지만 진짜 너무해. 목욕탕에서 홀로 공연하는 애는 너밖에 없을 걸? 넌 꼭 아이돌로 성공할 거야. 그치만 보경아…… 지금은 좀 참아주면 안 될까? 남자애들이 들으면 어떡해?”

그래, 노래도 춤도 때와 장소를 가려서 해야지. 아쉬웠지만 그렇게 목욕탕에서의 홀로 공연을 마치고 우리는 침실로 향했다.

왜 나의 섹시함에 배꼽 잡는 거니?

다음 날, 제주도 도착! 난생처음 보는 야자수에, 난생처음 먹어보는 똥돼지에 흥분해서 신나는 하루를 보냈다. 첫날 일정을 마치고 숙소에 짐을 푼 뒤, 기대하고 기대하던 수학여행의 하이라이트! 장기 자랑 시간이 돌아왔다!

'기획사에서 몰라본 내 솜씨, 친구들은 알아봐 주겠지?' 우리 반에는 끼가 넘치고 재밌는 애들이 많아 우리 반에서만 세 팀이 출전했는데, 이에 질세라 나는 섹시함의 대명사 브리트니 스피어스의 춤을 준비했다. 무대는 살짝 경사가 있는 언덕이었다. 분위기는 점점 고조되어 가고……드디어 내 차례! 나는 야심차게 준비한 배꼽티에 카고 바지를 입었다. 나의 아리따운 참외 배꼽으로 모든 이들의 시선을 휘어잡으리라! 약간은 끈적끈적하면서도 섹시한 분위기의 브리트니 스피어스 노래가 나오고, 나는 내 주특기인 흐느적거리는 춤을 최대한 유연하게, 최대한 섹시하게 췄다.

그렇게 강렬한 눈빛을 담은 나의 안무가 거의 끝날 무렵, 드디어 화려하게 마지막 포즈를 취할 차례가 왔다. 한 바퀴 돌아 나의 뒤태를 보여주는 자세를 취하려던 찰나…… 갑자기 발이 삐끗했다. 무대에 경사가 있다는 걸 깜빡했다. 발을 삐끗하는 순간, 나는 뒤로 자빠졌다. 자빠지다 못해 한 바퀴 굴렀다. "아, 쪽팔려." 주변에선 웃음소리가 끊이지 않았다. 전교생들은 그야말로 빵빵 터졌다. 세상에 이런 개망신이 또 있을까. 그 후로 내 별명은 개그맨이 되었다. 친구들은 나보고 가수보단 개그맨을 하라고 적극 권유했다. 그때 그 무대를 봤던 2학년 남자애들이 나를 볼 때마다 킥킥거리며 웃어대 더 창피했다. 아, 아직도 자다가도 그때 생각만 나면 이불에서 하이킥을 하게 된다.

그렇게 한바탕 망신을 당하고 숙소에 돌아왔는데, 숙소에는 반 친구들이 몰래 준비해 온 캔 맥주가 놓여 있었다. 아까 무대에서 당한 창피를 생각하니 취하고만 싶었다. 나도 모르게 캔 맥주를 벌컥벌컥 들이마셨다. 난생처음 술을 마셔봤다.

정보경! 오늘 삐뚤어질 테다! 나와 반 친구들 몇 명은 술에 취해 주정을 부리고 있었다. 그런데 갑자기 담임 선생님이 숙소에 들이닥쳤다. 오, 노! 난리가 났다. 교감 선생님부터 학생주임 선생님까지 달려오셨다. 담임 선생님은 우리를 밖으로 집합시킨 후 엎드려뻗쳐를 시켰다. 속이 울렁거렸다. 그런데 갑자기 옆에 같이 벌을 받던 친구가 토를 해댔다. 아아, 갈수록 태산. 담임 선생님은 다른 애들이 또 토를 할까 봐 다들 일어나라고 하셨다. 우리는 서서 열중쉬어 자세를 하고 선생님의 훈계를 듣기 시작했다. '아 졸려.' 빨리 자고 싶다는 생각밖에 들지 않았다. 그때 학생주임 선생님께서 나에게 술이 어디서 났냐고 집요하게 물으셨다. 속은 메슥거려 죽겠는데 왜 자꾸 말을 거시는 걸까. "저 그게…… 사실 집에서……" 아뿔싸, 대답을 하는 도중 아까 마신 맥주와 과자 안주들이 올라왔다. 아악, 도저히 못 참겠다! 나는 속에 있던 내용물들을 바로 앞에 계신 선생님께 분수처럼 토해내고 말았다. 오 마이 갓! 선생님, 지금 생각해도 정말 죄송합니다. 일부러 그런 거 아니에요. 용서해 주세요.

무당 아줌마의 말에 펑펑 울다

우리 엄마는 아파트 같은 동에 사시는 혜진이 아줌마, 민지 아줌마와 유독 친하셨다. 그래서 세 분이서 매일 커피도 마시고 수다도 떠시고, 나와 동갑인 혜진이와 민지의 얘기도 자주 하셨다. 그렇게 단짝 친구들처럼 지내시던 엄마들은 우리가 고3에 올라갈 즈음 진로가 걱정되셨던지 하루는 우리 집에 무당을 불러 우리 셋의 진로에 대해 점을 본다고 하셨다. 그 말을 들으니 나도 갑자기 내 진로에 대해 고민스러워졌다. 가수가 너무 되고 싶었지만, 수십 차례 오디션에 떨어지면서 자신감을 많이 상실한 상태였다. 수능을 치고 대학 갈 자신도 없었다. 나도 여느 친구들처럼 좋은 대학에 가서 재밌는 캠퍼스 생활을 즐길 수 있을까.

어느새 무당 아줌마가 오시고, 우리 엄마와 아줌마들은 한 방에 둘러앉아 각자 자녀들의 진로에 대해 상담하기 시작했다. 첫 번째는 혜진이 아줌마 차례였는데, 무당 아줌마가 혜진이는 선생님이 잘 맞는다고 말씀하셨다. 두 번째 민지 아줌마의 상담이 끝나고 드디어 내 차례가 왔다. 나는 엄마가 먼저 말을 꺼내기도 전에 무당 아줌마께 대뜸 물었다. "전 가수가 되고 싶은데요. 몇 년 뒤엔 제가 모두가 알아주는 유명한 가수가 돼 있겠죠? 그렇겠죠?" 확신에 찬 내 말투에 무당 아줌마는 몇 초간 눈을 감고 있다가 뜬 후 입을 여셨다. "너는 가수 쪽은 아니야. 물론 방송 쪽과도 잘 맞긴 하는데, 너는 공부하는 직업을 가질 거야. 선생님이 되거나 학자가 되거나. 아무튼 가수는 힘들어." 또박또박 아주 차분히 말씀하시던 무당 아줌마.

이럴 수가! 내 눈에선 참을 수 없을 만큼 많은 눈물이 펑펑 쏟아져 나왔다. 나는 지금껏 내가 가수가 아닌 다른 직업으로 살아가는 모습은 상상도 못 해봤다. 내 길은 태어날 때부터 가수로 정해진 것 같았고, 나는 뼛속까지 가수의 피가 흐른다고 생각했다. 무당 아줌마가 어째서 저렇게 말씀을 하시는 건지 이해가 되지 않았다. 아니, 도저히 받아들일 수 없는 말이었다. 나는 무당 아줌마 앞에서 소리 내어 울었다. 왜 내가 가수가 될 수 없냐고, 이유라도 말해달라고 소리쳤다. 사형선고를 받은 기분과도 마찬가지였다.

지금껏 가수가 되겠다는 말에 친구들이 나를 비웃은 적도 있었고, 함께 가수를 준비하던 연습생들 사이에서 무시당한 적도 숱하게 있었지만 아랑곳하지 않았다. 그들이 그럴 때마다 속으로 두고 보자고, 나중에 내가 보란 듯이 TV에 나와서 노래할 거라고 다짐하고, 연습 또 연습했기 때문이다. 하지만 이상하게도 무당 아줌마의 말 한마디에 끝내 울음을 터트리고 말았다. 몇 년을 쌓아 오던 소중한 내 꿈이 모래성처럼 한순간에 무너지는 기분이었다. 어머니는 이런 내 모습을 보고 놀라셨는지 나를 꼭 안아주셨다. 길은 어디든지 있고, 언젠가는 해가 뜰 거라며, 울지 말라고, 열심히 하면 반드시 이뤄질 거라고 위로해 주셨다.

하지만 나는 점점 자신을 잃어가고 있었다. 내가 점이나 무당 아줌마의 말을 크게 신뢰해서가 아니었다. 그동안 친구들이나 주변 사람들이 의심해 오던 내 꿈이기는 했지만, 나를 전혀 모르는 타인의 입에서 짓밟혀지니까 그만큼 객관적으로 다가왔다. 그동안의 서러움이 폭발한 것인지도 몰랐다. 무당 아줌마의 말이 진실처럼 들렸다.

나는 나를 위로했다. '그래, 이제 겨우 시작인 거잖아. 겨우 오디션 몇 십 번 떨어졌다고 포기할 내가 아니지.' 하지만 한번 꺾인 내 미래에 대한 자신감은 쉽게 회복되지 않았다. 나는 갑자기 내가 누구인지도, 뭘 해야 할지도 모르는 공황 상태에 빠져들었다.

동대문에서 사주를 보다

고등학교 2학년 겨울방학, 크리스마스를 맞이하여 친구들과 함께 동대문에 놀러 갔다. 쇼핑몰 입구마다 놓여 있는 커다란 크리스마스트리를 보니 설레는 맘이 가득했지만, 한편으로는 내년이면 벌써 고3이구나 싶어 한숨이 나왔다. 과연 우리가 잘 해낼 수 있을까? 이겨낼 수 있을까? 마음이 무거웠다. 그런데 갑자기 같이 놀러 간 친구 윤미가 길가의 철학관에 들어가는 것이었다. 당시 타로점이 유행이었는데 윤미는 학업, 진로, 연애 중에서 진로에 대한 사주를 물어봤다. 윤미 역시 진로에 대해 갑갑한 마음이었던 것 같다. 아저씨께서 이런저런 조언과 상담을 많이 해주셨다.

다음은 내 차례. 나는 얼마 전에 무당 아줌마한테서 신점을 봤기 때문에 그것을 만회하고 싶은 심정이었다. 이곳에서는 나의 사주에 대해 어떻게 말할까 궁금했다. 생년월일과 태어난 시를 말씀드리니, 아저씨는 두꺼운 책을 보며 나의 생년월일을 만세력으로 전환하여 종이에 적고 계셨다. 무언가를 쓱쓱 적던 아저씨가 갑자기 입을 여셨다.

"너는 19세 이후로 인생이 달라질 거야. 직업은 공부를 하는 직업을 선택해야 돼. 선생님이나 교수, 그런 공부하는 직업을 갖게 될 거야."

아니, 얼마 전에 본 무당 아줌마와 똑같은 말씀을 하시고 있잖아! 가뜩이나 무당 아줌마의 말 때문에 충격을 받은 나에게 아저씨는 똑같은 펀치를 두 번이나 날리신 것이다. 이젠 눈물조차 나오지 않았다. 그럼 나는 대체 뭘 해야 하나? 정말 연예인은 내 꿈이 아닐까? 나는 안 되는 것일까? 왜 나는 하필 크리스마스 날 동대문에 놀러 와 이 점을 봐서 좌절감을 맛보고 있는 것인가. 별의별 의문이 다 들었다.

윤미는 아저씨의 말을 듣고 "보경아, 3천 원 내고 보는 건데 뭐가 얼마나 잘 맞겠어? 그냥 신경 쓰지 마. 별거 아닐 거야"라고 말했다. 그래, 얼마 안 되는 금액. 별것 아닌 점. 그래도 괜히 찝찝하고 기분이 상하는 건 어쩔 수 없었다.

연예계…… 정말 허황된 꿈일까?

TV 속 연예인은 다들 예쁘고 늘씬하고 잘생겼다. 나는 어렸을 때부터 뛰어나게 예쁘지도 않았고, 그렇다고 매력적인 몸매를 가진 것도 아니었다. 내가 그들의 기준에 너무 못 미치는 걸까? 내가 조금 더 곱고, 피부도 하얗고, 입도 덜 튀어나오고, 얼굴도 갸름하고, 광대뼈도 덜 튀어나왔으면 어떨까. 거울을 보니 별의별 생각이 다 들었다.

그랬다. 나는 그저 그렇고 평범한 고등학생일 뿐이었다. 나같이 열정만 가득한 지망생들이 얼마나 많을까. 나만큼 노력하는 연예인 지망생들도 수두룩하겠지. 나보다 훨씬 예쁜 지망생들이 얼마나 많고, 나보다 음정이 안정되고 목소리 톤이 더 깔끔하고 더 다듬어지고 더 실력이 있는 친구들이 얼마나 많을까. 나는 나 자신을 객관적으로 평가하기 위해 묻고 또 물었다.

무당 아줌마 말처럼 정말 내 팔자에 가수는 없는 걸까, 나는 해도 안 되는 걸까, 이것이 내 한계인가 싶었다. 돌연 내 자신을 포기하고 싶은 마음이 들었다. 다시 태어나고 싶은 마음이 간절해졌다. 다음 생에는 꼭 이효리 같은 외모와 그런 운명을 가지고 태어났으면 하는 마음이 굴뚝같았다.

　나는 정말 가수가 되기 위해 온몸으로 노력했다. 내가 아무리 혼자서 열심히 해도 세상이 날 알아주지 않으면 그만이라고 생각했기 때문에 쉴 새 없이 세상의 문을 두들겼다. 오디션 원서를 수십 군데 보내도 연락이 오는 건 서너 군데밖에 없었고, 막상 오디션을 봐도 늘 보이지 않는 변수들이 내 꿈을 좌절시켰다. 어린 나이지만 세상은 내 뜻대로 되지 않음을 뼛속 깊이 체험했다.

　무당 아줌마의 점괘나 철학관 아저씨의 사주에 그렇게 마음이 아팠던 건, 그걸 신뢰해서가 아니었다. 이미 내가 깨달아가고 있던 사실, 난 아이돌이 될 수 없다는 사실을 확인받는다는 게 힘들었던 것이다.

　난 조급한 마음을 버리기로 했다. 당장은 꿈을 잠시 미뤄두기로 했다. '그래, 잊지만 않는다면 언젠가는 가수가 될 수 있을 거야. 우선 지금 할 수 있는 걸 하자.' 나는 이제 대한민국 평범한 고3 수험생으로 돌아가기로 했다. 그러던 중 우연히 방구석에 먼지가 수북이 쌓인 중학교 졸업 앨범을 보게 되었다. 3학년 10반 정보경. 내 졸업 사진 밑에 나의 장래희망은 '치과의사'라고 쓰여 있었다. 내가 그랬었나. 내가 중학교 3학년 때만 해도 치과의사가 꿈이었던가? 아니었다. 나는 졸업 앨범에 '가수'라고 쓰는 것이 부끄러워서, 친구들이 "넌 안 돼"라고 말하는 게 듣기 싫어서, 단지 남들의 눈 때문에 치과의사로 썼던 것이다. 그 당시만 해도 나는 아이돌이 되겠다는 내 꿈에 확신이 없었으니까. 지금의 나를 그대로 보는 것만 같왔다. 자신감이 바닥인 나, 좌절에 빠진 나.

　나는 과감히 내 꿈을 보류했다. 일단은 서울에 있는 좋은 대학에 가겠다고 결심했다. 좋은 대학에 가서 여러 경험을 쌓고, 내가 여태껏 공부하지 못한 학문들을 공부하고, 세상을 더 알아가야겠다고 다짐했다. 그렇게 조금 더 자라면 그때 가수의 꿈을 이뤄도 늦지 않을 거라고 생각했다. 두 걸음 앞서기 위한 한 걸음 후퇴 작전이라고나 할까.

PART 5
공부에 미치다?

법에 눈뜨다

나는 공부를 해보자고 마음을 다지고, 3월 새 학기가 시작되자마자 EBS 책을 전부 사들였다. 이제 내가 가고 싶은 대학과 학과를 정할 차례였다. 그런데…… 가고 싶은 학과가 딱히 없었다. 얼마 전까지만 해도 내 꿈인 가수가 되기 위해 실용음악과에 가고 싶었지만 이제 그것마저도 무의미해졌다. 그렇게 나는 갈팡질팡하며 자아 성찰이라는 큰 문제이자 시련을 겪고 있었다.

목표가 없는 공부는 잘 되지 않았다. 하루는 야간자율학습을 땡땡이치고 무작정 집에 왔다. 삶에 아무런 의욕도 미련도 없었다. 나는 죽은 자나 마찬가지였다. 소파에 시체처럼 누워 TV를 켰다. TV에선 각종 쇼 프로그램이 방영되고 있었다. 아무 생각 없이 TV를 보며 화면 속 사람들이 웃으면 나도 소리 내어 웃었다. 뜨겁고 열정적이던 내 모습은 더 이상 없었다. 그렇게 무심히 TV를 보면서 채널을 돌렸을 때였다.

〈솔로몬의 선택〉이란 프로그램이 방영되고 있었다. 평소 내가 즐겨 보던 프로그램이었다. 서민들이 겪을 수 있는 다양한 사건, 사고들이 소개되고, 각 상황에서 어떤 법적인 절차를 밟아야 하는지, 어떻게 법적으로 해결할 수 있는지를 변호사들이 설명해 주는 프로그램이었다. 그날은 고승덕 변호사가 출연했다. 고승덕 변호사는 3대 고시(행정고시, 외무고시, 사법고시)에 다 합격한 고시 3관왕이었고, 이 프로그램에서 서민들에게 법에 대해 쉽고 재밌게 설명해 주었다.

그날은 영화배우 지망생을 대상으로 한 사기 사건이 다뤄졌다. 영화배우? 사기? 단역 연기자로 일하는 여자가 영화 출연을 대가로 캐스팅 담당자에게 돈을 지불했다. 방 보증금까지 빼서. 그런데 영화 제작이 무산되고 이 여자에게는 영화 출연의 꿈도, 보증금도 다 사라진 것이다.

내가 겪었던 일들이 겹쳐졌다. 기획사인 것처럼 속이고 트레이닝 비용을 요구했던 연예 아카데미가 떠올랐다. 그때 난 무서웠다. 돈 없어서 데뷔를 못 하게 되는 건 아닌가 해서 무서웠고, 돈을 주고도 데뷔를 못 하게 될까 봐 무서웠다. 다행히 난 낌새가 이상하다는 걸 중간에 알아차렸지만, 같이 오디션 보러 다니던 친구들 중에는 이런 악덕업자에게 당한 친구들도 있었다. 그런 위험은 어디에나 우리를 향해 도사리고 있었다. 그때 난 사회에 대해서 처음 깨달았다. 사회는 어른들이 말하던 대로 무서운 곳이구나, 하고.

그런데 〈솔로몬의 선택〉을 보니, 사회가 아무리 무서워도 법을 제대로 알고 적절히 대응하면 그리 무서워할 것도 없겠다 싶었다. 법이 서민들을 지켜주는 역할을 하는 것 같았다. 바로 이거야! 게다가 얼마나 멋져! 변호사! 계약서, 법 따위는 아무것도 모른 채 오디션 받으러 돌아다니던 과거의 내 모습과 변호사계의 아이돌로 각종 소송에서 정의롭게 승리하는 미래의 내 모습이 겹쳐졌다.

그날 저녁, 나는 컴퓨터 앞에 앉아 변호사가 되는 방법을 찾았다. 변호사가 되려면 법대에 진학해서 법학 과목 35학점을 이수하고, 토익 700점을 넘겨야 사법시험에 응시할 수 있다는 것을 알게 되었다. 그럼 지금 내가 해야 될 일은? 바로 공부다. 수능이 8개월밖에 남지 않았다. 담임 선생님은 서울에 있는 법대에 가려면 언어 영역, 수리 영역, 외국어 영역에서 적어도 2등급은 받아야 된다고 하셨다. 내 3월 모의고사 성적은 5, 6등급이었다. 8개월 동안 네 등급이나 올리는 것은 '미션 임파서블'이다. 하지만 왠지 모를 자신감이 솟아올랐다. 중학교 때는 그래도 반에서 10등 안에 들었었다. 고등학교 때 잠시 소홀했을 뿐이다. 다시 펜을 잡고 책을 읽기로 마음먹었다. 남은 8개월, 공부에 올인하자!

수능이 끝난 11월, 인천 앞바다에 빠지거나 승리의 미소를 짓게 되거나 둘 중 하나다. 그렇게 고3이 시작될 무렵 우연한 기회에, 아니 필연적으로 법학에 관심을 갖게 되었고, 그때부터 나는 법대를 목표로 수능 공부에 매진하였다.

열혈교실 이 험한 세상은
너를 시험하려 하지만
그래 그것이 힘들겠지만

그때는 하고픈 일도
너무나도 많지만

살아가면서 공부보다 중요한 것들이 많이 있겠지
하지만 자신에게 주어진 일에 최선을 다해야만
후회하지 않는 거야

_딜라이트, 〈공부해〉 중에서

커피에 중독된 고3

안 하던 공부를 하려니까 힘들었다. 공부를 열심히 하던 친구들도 고3이 되면 힘들어진다는데, 하물며 공부와는 담 쌓고 살던 내가 아닌가. 7시 30분에 시작되는 아침자율학습부터 10시에 끝나는 야간자율학습까지. 하루 종일 공부만 한다는 건, 우선 몸이 따라주지 않았다. 춤춘다고, 노래 부른다고, 책상 앞에 오래 앉아본 적이 없었으니까. 하지만 어느 정도 익숙해지니까 공부 시간을 점점 더 늘려나갈 수 있었다. 사실 정규 수업과 보충수업을 빼면 온전한 자율학습 시간은 네 시간 정도밖에 되지 않았다. 네 시간. 턱없이 부족한 시간이었다. 학교에서 들은 수업 내용을 꼼꼼히 보충하고, 모의고사 문제집을 한 영역씩(언어 수리 외국어 영역) 풀다 보면, 시간이 거짓말처럼 훅 지나간다. 하는 수 없이 나는 잠을 줄이기로 했다. 그동안의 취침 시각은 새벽 1시 정도. 일단은 일주일에 한 시간씩만 줄이기로 결심했다. 첫째 날 밤, 1시 30분 정도가 되니 정신이 혼미해지기 시작했다. 으윽, 눈앞이 흐려지고 눈꺼풀이 점점 무거워지기 시작했다. 오 노! 안 돼, 안 돼, 자면 안 돼! 스스로 주문을 외우며 나는 병든 닭처럼 고개를 위아래로 흔들고 있었다. 점점 내 얼굴이 책상에 가까워지더니 스르르 잠이 들고 말았다.

다음날 아침 나는 도저히 눈을 뜰 수가 없었다. 어제 겨우 30분을 늦게 잤을 뿐인데 무언가 나를 누르는 것만 같았다. 헉, 설마 잠 귀신이? 도저히 일어날 수가 없어서 엄마에게 도움을 요청했다. 엄마는 잠 깨는 데는 뭐니 뭐니 해도 커피가 최고라면서 커피 한 잔을 타주셨다. 엄마가 타주신 커피를 꿀꺽 마셨다. 뜨거운 커피는 깊고 그윽한 향을 내며 나의 코를 자극시켰고, 내 목을 타고 흐르는 순간 내 몸의 혈액순환이 빨라지는 것처럼 온몸에 힘이 났다. '바로 이거다!' 싶었다. 나는 그 후로 커피를 하루에 네 잔에서 일곱 잔씩 마시며 네 시간씩 자고 오직 공부에 올인했다.

졸릴 땐 정말 커피가 최고인 것 같다. 커피를 마시면 빨랫줄에 널려 있는 빨래처럼 늘어졌던 내 몸이 활기차게 생생해지는 느낌이랄까? 이래서 어른들이 커피를 마시는구나 싶었다. 그 후, 나는 언어 영역 문제를 풀다 잘 풀리지 않으면, 커피 한 모금을 들이마시고 다시 집중해서 지문을 봤다. 그런데 정말 이상하게도 그러면 답이 떡하니 보였다. 믹스 커피는 내 최고의 보약, 피로회복제! 그렇게 모자란 잠을 커피 중독으로 이겨내며 그동안 못한 공부를 하나하나씩 채워갔다.

팬클럽의 귀환

고3이 되니 아이들이 좀 더 수업에 집중하고, 선생님들과의 교류도 활발해졌다. 나처럼 공부에 담을 쌓고 지내던 아이들 또한 진로 상담을 하느라 교무실에 들락날락했다. 그러면서 선생님들께 입시 스트레스에 대해 하소연하기도 했다. 그러다 보니 자연스럽게 여자애들은 총각 선생님을 흠모하기도 했는데, 그중 우리 학년에서 제일 인기가 많은 선생님은 탤런트 지진희를 닮은 화학 선생님과 슈렉을 닮아 귀여운(?) 외모에 차분한 성품을 가진 생물 선생님이었다. 백석고 여고생들의 마음을 사로잡고 있는 양대산맥!

나는 그중 화학 선생님의 팬이 되었다. 화학 선생님은 무지 샤프하고 피부도 매끈하고 정말로 지진희를 닮으셨다. 존재 자체만으로도 너무 훈훈하셨다. 나는 화학 수업시간마다 가슴이 콩닥콩닥거렸다. 나는 매일 드라마 〈사랑해 당신을〉을 떠올렸다. 선생님과 제자의 사랑! 불가능한 것도 아니지 않을까 싶었다. 어린 맘에 나도 대학에 가서 꼭 화학 선생님과 결혼하겠노라고 다짐했다.

그리하여 나는 화학 선생님 팬클럽, 일명 '화사모(화학 선생님을 사모하는 모임)'를 조직했다. 내면에 잠재되어 있던 빠순이 기질이 올라온 것일까? 우리 화사모는 교무실을 밥 먹듯이 들락날락거렸다. 이 핑계 저 핑계로 화학 선생님 얼굴을 한 번이라도 더 보고 싶어서였다. 화학 시간 전에는 항상 칠판을 깨끗이 지우고, 선생님 손에 분필 가루가 묻을까 봐 분필을 종이에 감아두곤 했었다. 또한 화학 선생님의 일거수일투족을 감시하기도 하고, 화학 선생님이 담임을 맡으신 남자반 애들을 포섭해 오늘은 수업을 몇 개 하시는지, 어디 근처에 사시고 여자친구가 있는지 없는지 등등 화학 선생님에 관한 정보를 빼내기도 했다.

우리들은 생물 선생님 팬클럽 아이들과 종종 싸우기도 했다. 사실 싸운 내용을 돌이켜 보면 얼마나 유치한지 고3이 아니라 초등학생이었던 것 같다. 생물 선생님 팬이 더 많다느니, 생물 선생님이 키가 더 크다느니, 화학 선생님이 더 잘생겼다느니, 화학 선생님 피부가 더 좋다느니…… 이런 것들로 기 싸움을 했던 것이다.

우리 화사모는 화학 선생님이 복도에 지나갈 때마다 "화학 선생님! 화학 선생님!" 응원 구호를 외치며 선생님을 민망하게 했다. 화학 선생님은 수줍은 미소를 지으며 내심 좋아하셨다. 화학 선생님이 야자 감독을 하실 때면 나는 바짝 긴장해서 1분도 졸지 않으려고 노력했다. 가끔 몰래몰래 선생님을 훔쳐보다가 꾸중을 듣기도 하였지만, 그렇다고 포기할 내가 아니었다.

그리고 스승의 날, 우리 화사모는 최고급 분필 한 박스와 카네이션을 선물했다. 그리고 선생님께 '스승의 은혜' 노래를 불러드렸다. 선생님께서는 교직 생활 중 이런 대접은 처음이라면서 너무 기뻐하셨다. 공부에 야자에 지친 우리들 마음도 한층 따뜻해졌다. 누군가에게 뭔가를 받는 것보다 뭔가를 해준다는 것은 참 행복한 일이었다.

초단기 수능 등급 올리기 작전

대입을 위한 가장 큰 과제는 수능 등급 올리기였다. 나는 그나마 가장 잘하고 좋아하는 외국어 영역을 먼저 공략하기로 했다. 지문에서 모르는 단어를 발견하면 바로바로 단어장에 적어서, 밥 먹을 때나 화장실에서 수시로 외웠다. 그런데 문제는 시간이었다. 고등학교 3학년이 되어 치른 첫 모의고사 때 당황했던 건 시험을 못 봐서가 아니었다. 점수를 떠나서 주어진 시간 안에 문제를 다 푸는 것 자체가 힘들었다. 어쩔 수 없이 뒤의 문제들은 지문을 읽지도 못하고 찍어야 했다. 그 후, 나는 혼자 공부할 때도 시간을 정해 놓고 문제를 풀기 시작했다. 그런데 영어 문장을 정확하게 이해하지 못하는 상태에서 시간만 맞추려다 보니 뒤죽박죽이 되기 일쑤였다.

계획을 수정했다. 우선은 시간이 얼마가 걸리더라도 최대한 정확하게, 꼼꼼히 지문을 해석하는 습관을 들이기로 했다. 특히 긴 지문은 우선

대충 한 번 훑어서 어떤 내용인지 감을 잡고, 본격적으로 형광펜으로 단서(?)에 밑줄을 그으며 답을 찾아냈다. 한 지문을 두 번씩 읽다 보니 시간이 오래 걸렸다. 하지만 빨리 푸는 것보다 정확한 답을 맞히는 게 중요했기 때문에 계속 이 방법을 고집했다. 그렇게 한 달여를 이러한 방법으로 외국어 문제를 풀다 보니 지문을 더 정확하게 이해할 수 있게 되었다. 자연히 문제 푸는 속도도 조금 빨라지고, 어렵고 복잡한 지문을 만났을 때도 당황하지 않고 내 페이스를 유지할 수 있었다.

그렇게 내겐 늘 딱딱하고 재미없던 문제집의 페이지가 하나하나씩 넘겨지기 시작했고 공부하는 재미가 쏠쏠해졌다. 듣기 평가 역시 아침에 일어나자마자 30분씩 듣다 보니 조금씩 단어와 문장이 들리기 시작했다. 그렇다고 획기적으로 영어 실력이 늘지는 않았지만 내 안에서는 서서히 발전이 일어나고 있었던 것이다. 가야 할 길이 한참 남았지만 당시 내 열의는 그 어느 학교의 전교 1등보다도 강했다고 자부한다.

그런데 그렇게 공부에 자신감이 붙을 무렵, 나는 다시 한 번 좌절하고 말았다. 수리 영역 문제가 전혀 풀리지 않았던 것이다. 더구나 수학을 공부하는 건 죽기보다 더 싫었다. 열심히 공식을 외워도 아무 소용이 없었다. 문제 풀 때, 외운 공식을 도무지 이용할 수가 없었던 것이다. 공식을 외우는 것까진 잘 됐는데 그것을 대입하고 유추해서 풀이하는 과정에서 늘 막혔다. 복잡한 수학식만 보면 뇌가 멈추는 것 같았다. 싫어하는 것만큼 못하는 건 없다더니……. 나는 점점 더 수학을 멀리했다. 수리 영역 모의고사 등급은…… 오 마이 갓! 가히 충격적이었다. 나는 내 머리가 안 좋다는 것을 새삼스레 확인했다.

‘그래, 과감히 수리 영역을 버리는 거야.’ 당시 나는 내신이 좋지 않아 수능만 백 퍼센트 반영하는 전형에 지원하기로 결심했는데, 그중에서도 서울에 있는 몇몇 대학은 수리 영역 점수를 전혀 반영하지 않았다. 그래서 나는 국민대와 성신여대를 목표로 삼았다. 그리고 수리 영역에 쓸 기력을 사회탐구 영역에 쏟기로 했다.

사회탐구에서는 ‘윤리와 사상’, ‘경제’ 과목을 전략 과목으로 삼았다. 윤리와 사상은 인터넷 강의를 보고 공부했는데, 철학 파트에서 소크라테스 등 고대 철학자들의 사상이 그렇게 재밌을 수 없었다. 나는 고대 그리스 철학자인 소크라테스의 광팬이 되었다. 소크라테스는 귀납법으로 진리를 찾고, 논쟁과 토론을 통해 옳고 그름을 분별하며, 늘 의문을 가지고 사물을 관찰했다. 특히 내가 매료된 것은 소크라테스의 대화법이었다. 난 어렸을 때부터 항상 궁금한 게 너무 많아서, 부모님이나 선생님, 주변의 누구에게든 질문을 하곤 했는데, 엉뚱하거나 답이 정해지지 않은 질문들이 많아 면박을 당하기 일쑤였다. 그런데 소크라테스는 적절한 질문과 적극적인 경청을 통해 제자의 의문을 해소시켜 주었다.

내게도 소크라테스 같은 스승님이 있었다면, 내 궁금증을 다 해소해 줄 스승님이 있다면! 생각해 보면 그런 스승님은 불가능할 것도 같다. ‘왜 난 아이돌이 되지 못하는 걸까? 난 앞으로 도대체 뭐가 될까? 왜 난 오늘도 이 졸음을 이겨내고 공부를 해야 하는 걸까?’ 이런 나의 질문들은 누군가 명확한 정답을 내려줄 수 있는 게 아니라 나 스스로 답을 찾아야 되는 걸 테니 말이다.

그 다음으로 내가 좋아하는 철학자는 쇼펜하우어였다. 맨날 무언가를 미치도록 좋아해서 쫓아다니는 열혈 여고생인 내게 쇼펜하우어의 염세주의는 사뭇 이해하기 힘든 사상이었다. 그래서인지 더 호기심이 생겼다. 학교 도서관에 가서 쇼펜하우어의 〈세상을 보는 방법〉이라는 책을 읽었다. 그의 문장들과 그가 자라온 성장 배경, 부모님들을 분석해 봤다. 사람들은 그가 부정적인 면이 많다고 하지만, 열아홉 인생의 기로에서 고민하고 대학에 가기 위해 치열하게 싸우던 내게 그의 사상은 너무나도 솔직하고 무서울 정도로 현실적이어서 소름이 끼쳤다. 그는 '인간은 부단한 욕망에 쫓기어 만족할 수 없고, 이러한 생은 고통이다'라고 했는데, 맹목적으로 대학에 집착하는 나를 보고 독설을 날리는 것만 같았다.

그러다 도서관에서 쇼펜하우어의 또 다른 책 〈사랑은 없다〉를 발견했다. 염세주의자인 쇼펜하우어와 너무나 잘 어울리는 제목이라는 생각에 큭큭 웃음이 나왔다. 이 책은 쇼펜하우어가 31세에 직접 써서 베를린 대학에 제출한 자기소개서로 시작한다. 이 자기소개서를 읽으며 쇼펜하우어는 세상을 혐오하고 꺼리는 사람이라기보다는 자기 의지로 자신만의 세상을 만들어간 사람이라는 생각이 들었다.

> 나는 철학을 남들의 권유로 시작한 것이 아니고 남들이 내게 연구를 맡긴 것도 아니다. 오직 나 스스로의 자유의지로 선택한 것이다. 따라서 내가 지금 여기까지 걸어온 학문의 길은 즐겁고 쉬웠던 일이 아니라 곳곳에 장애물과 함정이 매복해 있는 험난한 길이었다. 그래서 처음에는 몹시 당황했었다.

_쇼펜하우어, 〈사랑은 없다〉, 이동진 역, 해누리, 2004.

쇼펜하우어는 참 멋진 사람이라는 생각이 들었다. 돈도 되지 않고 쾌락이 따르지도 않는 철학이라는 걸 자유의지로, 자기가 하고 싶어서 선택하다니. 그리고 이 말이 나에게 많은 위로가 되었다. 내가 아르바이트한 거, 신화 오빠들 쫓아다닌 거, 아이돌 되겠다고 오디션 보러 다닌 거, 이제 와서 공부한다고 난리 치는 거, 다 내가 하고 싶은 거였다. 난 내가 하고 싶은 만큼 도전을 해서 항상 즐거웠지만, 항상 쉽지만은 않았다. 그런데 쇼펜하우어처럼 대단한 사람도 자신이 가는 길이 어렵고 험난하고 당황스럽다고 말하는 걸 보니, 원래 사는 게 그런 건가 보다. 산다는 건 어렵기도 하고, 때로 눈물 나기도 하는 일. 그래도 꿋꿋이 자신의 길을 가는 건 멋진 일이 아닐까.

또 이 자기소개서에는 아버지 얘기도 많이 등장한다. 쇼펜하우어는 '나는 아버지의 신세를 너무 많이 지고 살았다'라고 이야기한다. 정말로 그가 철학에 계속 몰두할 수 있었던 것은 아버지 덕택이었다. 아버지는 성공한 사업가였고, 그에게 재정적 지원을 아끼지 않았으며, 생활하기에 충분한 유산도 남겨주셨던 것이다. 사실 그의 아버지는 그가 자신을 이어받아 사업가가 되기를 원하셨지만 결국은 그의 의지를 존중해 주셨다.

우리 아빠가 생각났다. 항상 내 의견을 존중해 주는 우리 아빠. 한 번도 내게 쓸데없는 것 하러 다닌다고, 학생이 공부는 안 하고 돌아다닌다고 잔소리한 적 없는 우리 아빠. 아빠가 문득 고마웠다. 나 역시 아빠의 재정적 지원을 아낌없이 받지 않았는가. 밥, 옷, 집, 책값, 학원비, 용돈 등. 윤리와 사상을 공부하면서 나의 철학적 사고가 깊어졌다고 말할 순 없지만, 그동안의 내 인생을 돌아볼 수 있었다. 그래, 이게 철학 공부의 목적 아니겠어. 내 수준에서는 이것만으로도 훌륭한 철학 공부를 한 거지. 처음 해보는 공부는 어려웠지만 그만큼 내게 새로운 시각과 즐거움을 주고 있었다.

외국어 영역과 사회탐구 영역은 조금씩 성적이 올라가고 있었고, 수리 영역은 아예 포기했으니 배제하고, 남은 건 언어 영역이었다. 난 문과였기 때문에 언어 영역은 내게 중요하고 또 중요한 과목이었다. 그런데 우리나라 말이라고 만만히 봤던 언어 영역이 가장 속을 썩였다. 별로 어려운 것도 없는 것 같아서 그저 열심히 문제를 풀었는데, 채점하고 보면 그야말로 '비 사이로 막 가' 수준이었다. 문제는 배경지식. 언어 영역은 그야말로 글을 읽고 정확히 이해해야 문제를 풀 수 있는데, 그동안 공부를 했어야 배경지식이 있을 것 아닌가. 지난 18년의 시간이 후회스러웠다. 문제를 푸는 데 앞서 글을 제대로 읽는 게 급선무였다. 이거 뭐야, 우리나라 말로 쓰여 있는 게 왜 이렇게 어려운 거야.

우선은 수업 시간에 선생님의 설명을 집중해서 들었다. 그리고 문제를 풀고 나서도 해설을 차근차근 읽어가면서 어떤 식으로 글을 이해해야 하는지 파악했다. 특히 단락별 주제와 전체 주제가 되는 문장들은 형광펜으로 표시해 가며 문제를 풀었다. 그리고 내가 찾은 주제와 해설지의 지문 분석을 비교해 보았다. 내가 잘못 찾은 주제는 왜 잘못 찾았는지 해설지를 읽으면서 그 이유를 찾았다. 언어 영역 점수는 너무 느리게 향상돼서 처음엔 아주 힘들었지만 다양한 글을 읽어 보는 게 나름 재미있었던 것 같다.

언어 영역에서 문학 부분은 시, 소설, 수필 등 각 작품별로 선생님께서 설명해 주시는 주제나 상징을 열심히 필기해서 꼼꼼히 복습했다. 그리고 새로운 작품을 접할 때마다 18종의 문학 교과서에 나온 작품들을 모두 정리해 놓은 종합 자습서를 참고하며 정리했다.

그동안 교과서에 나왔던 문학 작품들은 물론이고, 그 후에 나오는 작품들도 나올 때마다 '18종 문학 자습서'를 찾아 보면서 공부했다. 그래도 함축적인 내용을 알아내는 것은 항상 어려웠다. 최대한 그 글의 주인공이 된 것처럼 감정이입을 하려고 노력했다. 잘 이해가 되지 않는 부분은 당시 담임 선생님이셨던 국어 선생님께 틈만 나면 질문을 했다.

그렇게 각 영역별로 감을 잡아가기 시작했을 때, 딱 일 년만 더 이 페이스로 공부하면 서울대도 자신 있다는 생각이 들었을 때, 이미 수능은 코앞으로 다가와 있었다. 수능 두 달 전, 매주 전 영역의 모의고사를 2회분씩 풀겠다는 목표를 세우고 봉투형 모의고사부터 EBS 파이널 마무리까지 각종 문제집을 사들였다. 틀린 문제들을 통해 부족한 부분을 보충하고, 오답 노트를 만들어가면서 수능에 한 발짝 한 발짝 다가갔다.

드디어 대망의 수능시험 날! 내 이십 년 평생 이렇게 공부를 열심히 해본 적이 있었던가! 9개월이라는 시간 동안 쏟아부었던 나의 모든 열정, 시간, 노력이 빛을 발하기만을 기다리고 있었다.

국영수 따위도 사탐 과탐도 오 쉽게 풀리지 않아
하지만 이번엔 끝까지 가는 거야

답만 피하는 오답의 신
3초면 잊는 망각의 신
이제는 모두 옛 얘기 새로운 시작이다

뜨거운 열정 열혈교실
내가 바로 그 공부의 신
왕도가 없는 이 길을 달리고 달려보자

_딜라이트, 〈공부의 신〉 중에서

수능, 그날 이후

이제 해방이다! 드디어 수능 시험이 끝났다! 와우! 천국 같았다.

우리는 늦은 등교와 빠른 하교로 꿀맛 같은 시간을 보내고 있었다. 상위권이나 중위권, 하위권 할 것 없이 다들 이제 한 시름 덜었다 하는 눈치였다. 나 역시 수능이 끝났음을 만끽하며 친구들과 매일 펑펑 놀러 다녔다.

원서는 어딜 쓰지? 서울에 있는 대학에 갈 수 있을까? 대학에 가면 뭘 할까? 멋있는 훈남 선배들이 날 기다리겠지? 대학생이 되면 정말로 남자친구가 생길까? 과연 내 남자친구는 어떤 사람일까? 지금은 어디서 무엇을 하고 있을까? 완전 궁금해! 학교 캠퍼스는 얼마나 크고 아름다울까? 내년 가을 아메리카노 한 잔을 테이크아웃해서 우아한 걸음걸이로 노란 은행잎 가득한 캠퍼스를 거닐고 있는 나를 상상해 본다. 후훗. 아, 어른들의 필수 자격증! 운전면허증! 그래, 미리 운전을 배워 놓을까? 성형수

술을 해보는 건 어떨까? 영화에서만 보던 나이트나 클럽은 과연 어떤 곳이고 어떻게 생겼을까? 아, 궁금해! 가보고 싶다! 생일 지나면 바로 가야지!

내 머릿속엔 대학에 대한 환상이 가득 차 있었다. 이제 곧 스무 살이 된다는 설렘 때문이었을까. 대학이란 말만 들어도 두근두근거리는 마음을 주체할 수 없을 정도로 얼른 대학생이 되기만을 갈망하고 있었다.

그러나! 이런 상상도 잠시……. 한 달이라는 시간이 훌쩍 지나가고, 수능 성적표가 나왔다. 올해 정말 열심히 했으니까 잘 나왔겠지? 첫 모의고사 때 6등급이었으니까 최소한 2, 3등급은 될 거야. 그리고 성적표를 열어보았다. 언어 영역, 외국어 영역, 사회탐구 영역에서 모두 3등급을 받았다. 앗싸! 잘한 거야. 이렇게 많이 오르다니. 나는 스스로에게 칭찬을 퍼부어 주었다. 일 년의 노력이 보상받는 느낌이었다.

그런데…… 문제는 객관적인 내 위치였다. 최소한 세 영역 중 하나라도 2등급이 나와야 하는데 세 영역 모두 3등급. 나의 예전 점수보다는 크게 향상됐지만 여전히 내 점수는 내가 원하는 대학에 가기에는 한참 부족했다. 대학교를 선택하려고 배치표를 들여다보고 있으면 한숨밖에 나오질 않았다.

내 수능 점수로는 서울에 있는 하위권 대학에도 입학이 가능할까 말까 했다. 더군다나 우리 학년이 7차 교육과정 마지막 세대라서, 내년 수능은 8차 교육과정에 따른 것이라 재수를 해도 별 승산이 없을 거라고들 했다. 그래서 다들 재수를 꺼려서 더 안전 지원(하향 지원)을 하는 추세였으므로 내가 서울에 있는 대학에 합격할 확률은 매우 낮아 보였다. 담임 선생님과 엄마는 이미 사태 파악을 하고 내게 전문대 치위생과를 적극 추천했다. 전문직종이라 취업이 용이하다는 게 이유였다. 난 별말 없이 동남보건대 치위생과를 시작으로 몇 군데 전문대에 원서를 썼다. 그리고 떨어질 거라고 생각하면서도 너무나도 가고 싶은 대학이었던 국민대 법대와 성신여대 법대에도 지원했다. 그러고는 합격자 발표가 있는 날까지 매일 밤 간절한 마음으로 하느님, 부처님, 알라신께 기도를 드렸다. "제발 제가 합격하게 해주시옵소서. 합격시켜 주시면 정말 착하게 살겠사옵나이다."

발표일까지는 두 달이나 남아 있었다. 합격 가능성이 낮다는 걸 알면서도 쉽게 포기가 되지 않았다. 실낱같은 희망을 붙들고 방 안에서 초조하게 두 달을 보내다가는 병이 날 것 같았다. 그래서 시작한 게 수영. 몸을 움직이면 마음의 근심이 사라진다고 하더니, 수영을 할 때만큼은 초조한 마음이 사라졌다. 게다가 한없이 긍정적인 태도로 돌변해서 이미 대학뿐 아니라 사법고시까지 합격한 나를 상상하기도 했다.

아침 8시 30분, 야행성 인간인 나는 아침잠을 충분히 자야 되므로 이때 잠에서 깬다. 내가 눈을 뜬 곳은 청담동에 있는 한 고급 오피스텔. 바로 나의 집이다. 아무도 없는 큰 집에서 워커홀릭인 나는 늘 외로움에 사무친다. 눈을 뜨자마자 내가 향한 곳은 주방. 어제 과음을 했더니 향긋한 커피가 간절해진다. 얼마 전, 나를 쫓아다니던 변호사가 선물해 준 커피메이커를 바라본다. 그의 대시를 거절한 것에 대한 미안함이 남아 있다. "사랑 같은 건 나한텐 사치야"라고 혼잣말로 중얼거리며 나 자신을 위로한다. 그 비싸고 귀하다는 고양이 똥에서 채취한 커피를 내려 마시며, 매일 아침 영자신문을 읽으며 세계화에 뒤처지지 않으려 노력한다. 띠리리리

띠리리리 "정 변호사님, 오늘 스케줄입니다. 오전 11시에 변호사님께 소송을 의뢰하신 K기업 회장님과의 미팅이 있고요, 저녁 일곱 시에는 미래를 여는 변호사 모임이 잡혀 있습니다." 비서의 스케줄 보고를 들으며 주차장에 도착. 얼마 전 산 나의 애마가 날 반겨준다. 차를 타고 강남 한복판을 지난다. 막히는 도로 사이에서라도 잠깐의 여유를 만끽한다. 회사에 도착하는 순간, 나는 워커홀릭으로 무섭게 변신한다. 피고인의 인권을 위해 싸우리라. 피고인의 무죄를 입증하기 위해 법정에 서서 피를 토하듯 격렬하게 변론한다. 그리고 드디어 나의 순결한 의뢰인이 무죄를 선고받을 때, 말로 표현할 수 없는 통쾌함을 느끼며 '대한민국 정의는 아직 사라지지 않았어'라며 뿌듯하게 미소 짓는다. 이것이야말로 진정 내가 대한민국의 변호사로, 워커홀릭으로 살아가는 이유이다. 나는 정의를 위해 싸우는 정의의 수호자인 것이다.

지금 생각해 보면 정말 너무 유치하고 웃기다. 허세만 가득 차서는 허황된 꿈에 부풀어 있었다. 아무리 상상은 자유라지만, 에휴, 손발이 다 없어질 정도로 오글거린다.

그때의 나는 그렇게 미래의 내 모습을 상상하며 대학 합격 발표가 나길 손꼽아 기다리고 있었다. 결과는? 4년제 대학교는 모두 떨어지고 대기번호를 부여 받았다. 내 대기번호는 죄다 30번대였다. 1차 합격자들이 30명 이상씩 빠져 나가는 것은 불가능하다는 걸 알고 있었다. 이런, 망했다. 재수를 해야 하나 고민했다. 하지만 교육과정이 바뀌는 상황에서 재수가 과연 답이 될 수 있을지 의문이 들었다.

전문대인 동남보건대 치위생과에는 합격했다. 엄마는 두말할 것 없이 당장 입학하라고 말씀하셨다. 그런데 치위생과를 가게 되면 내가 상상한 저 그림은 정말 상상에서 끝날 것만 같았다. 변호사가 꿈인 내가 생뚱맞게 웬 치위생과란 말인가. 치위생과에 가서 그 어려운 물리와 치아에 관한 것들을 공부하며 잘 견딜 수 있을까 고민됐다.

아무 생각도 하기 싫어서 수영장으로 향했다. 눈물이 쏟아졌다. 수영장의 물에 내 눈물이 섞여 마음껏 울 수 있었다. 눈물 속에 내 지난 시간들이 스쳐갔다.

가수가 되고 싶어서 수십 군데 기획사에 쫓아다니고, 오디션 보러 다니고, 데모 테이프도 여기저기 보냈다. 내가 할 수 있는 건 다 해봤다. 하지만 결국 데뷔는커녕 기획사 연습생도 되지 못했고, 남은 건 뒤처진 성적뿐이었다. 꿈이 사라져 방황했지만, 다행히도 변호사라는 새 목표가 생겨서 일 년 동안 누구보다 열심히 공부했다.

최선을 다한 시간들이었지만 부족한 게 많았나 보다. 아이돌이 되기에는 내 끼나 외모가 부족했나 보다. 변호사라는 목표를 향해 가는 길, 그동안 벌어진 격차를 다 메우기에 일 년은 턱없이 짧았나 보다. 다 내 욕심이 과한 탓이라는 자책감이 들었다. 왜 되지도 못할 아이돌을 꿈꿨을까. 왜 일 년 안에 뒤처진 공부를 다 만회할 수 있을 거라 믿었을까. 하지만 이런 식으로 매번 내 꿈을 접어야 한다는 사실을 받아들이기는 쉽지 않았다. 가슴이 쓰라렸다. 그냥 이대로 죽는 게 낫겠다는 생각이 들어 영영 물속에서 나오지 말까 싶기도 했다. 재수를 할 엄두는 도무지 나질 않았다. 앞이 캄캄해졌다.

PART 6
공부에 미치다!

대학이 전부는 아니잖아

　그리도 원하던 법대에 낙방하는 고배를 마신 뒤, 나는 방황의 나날을 보내야 했다. 반 친구들한테 늘 법대에 갈 거라고 으쓱대던 내 모습이 떠올랐다. 법조인을 꿈꾼다는 것만으로도 자부심을 느꼈던 나였는데. '그래, 정보경 네가 그렇지 뭐.' 주제 파악도 못했던 스스로에 대한 미움과 원망이 날 괴롭혔다. 하늘이 무너진 것만 같았다. 거기다가 친구들은 다들 원하는 대학에 붙었는데 나만 떨어지니까, 친구들조차 만나기 싫었다. 대인기피증에 걸리는 사람들의 심정을 알 것 같았다. 입맛이 없어 밥을 안 먹었더니 일주일 만에 몸무게가 5킬로그램이나 빠졌다. 미래에 대한 걱정과 근심으로 잠을 자지 못해 다크서클은 턱 밑까지 내려왔다.

　엄마와 담임 선생님은 여전히 동남보건대 치위생과에 입학하라고 권하셨다. 남들은 가고 싶어도 못 가는 곳인데 너 정도면 잘 가는 거라고, 동남보건대 치위생과를 졸업하면 치위생사 시험을 볼 기회를 얻을 수 있고

취업도 잘 된다고, 그러니 입학해서 감사히 다니라고 입에 침이 마르도록 동남보건대를 치켜세우셨다.

며칠 후, 엄마는 동남보건대에 한번 다녀오기라도 해보는 게 어떻겠냐며 용돈까지 두둑이 챙겨 내 등을 떠밀었다. 그래, 기분도 우울한데 바람이나 쐬러 가자는 맘으로 동남보건대로 향했다. 인천에서 수원까지 약 두 시간이 걸려 동남보건대학에 도착했다. 캠퍼스는 아름다웠고, 입가에 환한 미소를 띤 채 그곳을 거니는 대학생들도 행복해 보였다. 돌아오는 길, 지하철 거울에 비친 내 모습을 봤다. 우두커니 서 있는 내 모습이 왜 그리 처량한지. 왠지 모를 허전함이 내 눈시울을 적셨다.

막상 치위생과에 입학하려니 두려움이 앞섰다. 나는 법학을 공부하고 싶었는데……. 치위생과에 진학해서 내가 하고 싶지 않은 공부를 해야 한다는 부담감이 나를 짓눌렀다. 내가 하고 싶지 않은 것들을 얼마나 열심히 할 수 있을까. 잘 해낼 수 있을까. 평생 치위생사의 길을 열심히 걸을 수 있을까. 캠퍼스도 학생들 인상도 좋았지만 거기까지였다. 내가 여기서 미소 지으며 대학 생활을 보내는 모습이 그려지지 않았다. 내가 원하는 법 공부를 못한다니 대학 생활이 무의미하게 느껴졌다. 하지만 이곳마저 입학을 포기하면, 재수 말고는 다른 방법이 없었다. 이제 나는 어쩌면 좋지?

며칠 후, 마침 나처럼 대학에 떨어진 한 친구에게서 전화가 왔다. 그 친구는 재수 학원에 상담을 받으러 가는데, 같이 가보자며 재수를 권했다. 친구와 나는 부평의 큰 건물에 있는 재수 학원에 도착해 상담을 받았다. 학원에서는 명문대는 괜히 있는 것이 아니라며, 대학은 출세와 성공을 보장하는 지름길이라고 했다. 좋은 대학에 입학하면 취직도 잘 되고 인생이 달라진다며 학원에 등록할 것을 강권했다. 같이 간 친구 역시 결심을 굳힌 것 같았다. 나한테 같이 재수를 하자고, 대학에 가는 것이 우리 나이에 맞고 대학을 가야 좀 더 많은 기회를 얻을 수 있을 거라고 날 설득했다.

집에 돌아와 대학에 대해 진지하게 고민하기 시작했다. 우리는 어렸을 때부터 이유도 없이 "좋은 대학에 가야 성공한다"는 말을 수도 없이 들으며 자라왔다. 내 나이에 대학을 가는 건 너무나도 당연한 의무 같은 것이었다. 심한 말로 "대학도 못 가면 사람 구실 못한다"는 소리도 들어봤다. 고등학교 3학년, 열아홉 어린 나이에 느낀 고졸에 대한 사회의 시선과 편견은 너무나도 커 보였다.

정말 그럴까? 대학에 가야 꼭 성공이 보장되고, 더불어 행복이 보장되는 걸까? 부정하고 싶은 현실이었다. 그래서 나는 대학을 가지 않고 성공한 사람들을 우선 찾아봤다. 그러고 보니 노무현 대통령도 고졸이다. 김대중 대통령도 그렇고. 스티브 잡스, 앙드레 김, 보아…… 다 고졸이다. 현대 그룹 창업자인 정주영 회장은 고졸은커녕 소학교까지밖에 안 나왔다. 이렇게 대학을 나오지 않아도 성공할 수 있구나 싶었다. 학력에 상관없이 저력을 펼친 사람들을 보니, 대학에 떨어졌다고 삶을 다 산 것처럼 망연자실했던 내가 부끄러워졌다. 마음을 다잡기로 했다. '그래. 남들이 다 대학에 간다고 해서 나도 꼭 대학에 가야 할 필요는 없는 거야.' 나는 대학이 전부는 아니라고 스스로를 다독였다.

물론 나도 대학에 너무나 가고 싶기는 했다. 미팅, 소개팅도 실컷 해보고 엠티 가서 밤새 놀아보고도 싶었다. 교수님들 강의도 듣고, 리포트도 쓰고, 발표도 하고 싶었다. 하지만 치위생학에 관련된 강의는 내게 아무런 열정을 불러일으키지 못할 게 뻔했다. 그럼 남은 방법은 재수였지만 자신이 없었다. 수능이 다가올 때는 일 년만 더 있으면 더 잘할 수 있을 것 같았는데, 내 노력의 결과가 줄줄이 낙방으로 드러나니 의지가 꺾였다. 결국 나는 그 어느 것도 선택하지 않기로 결정했다. 고등학교 졸업 후 어떤 계획도 없이 졸업을 맞이하기로 한 것이다.

그렇게 고민에 고민을 거듭해 결정을 내린 후, 조심스럽게 부모님께 말을 꺼냈다. 부모님은 강력히 반대하셨다. 말도 안 되는 일이라며 화를 내셨다. 늘 나를 지지해 주던 아빠 역시 뭘 하든 일단은 대학에 입학은 하는 게 낫지 않겠냐고, 막상 입학해서 다녀보면 재미있을 거라며 동남보건대 입학을 넌지시 권하셨다. 하지만 이미 내 결심은 굳어졌고, 부모님은 끝내 눈물을 흘리며 내 결정을 받아들이셔야 했다. 엄마 아빠 마음도 충분히 이해가 됐다. 하나밖에 없는 딸이 남들 다 간다는 대학에 안 가고 고졸 학력으로 산다는데…… 하늘이 무너지고 땅이 꺼지는 기분이 드실 것 같았다. 하지만 고졸에 대한 주변의 시선과 사회의 편견이 중요한 게 아니었다. 내 인생 전부가 걸린 문제였다. 내 결정을 들은 삼촌이 달려와 펄펄 뛰셨다. 대학에 안 가면 겪게 될 온갖 수모와 사람들의 무시에 대해 열변을 토하시며, 죽이 되든 밥이 되든 대학에 가라고 호통을 치셨다. 그러면 도대체 대학에 안 가고 앞으로 뭘 할 거냐고 물어보셨다. 당장은 아무 생각 없이 지내고 싶다고 말했더니, 세 분 다 쓰러질 기세였다. 대학 안 가는 것도 모자라 미래도 불투명하고 아무 계획도 없다니…….

나는 진심이었다. 정말 당장은 아무 생각 없이 편히 지내고 싶었다.

목표가 없어진 내 삶은 허무로 가득했다. 그런 내게 재충전할 시간이 필요했다. 앞으로 내가 살아갈 날은 70여 년이나 더 남았다. 70여 년을 더 살 텐데, 몇 달 정도는 내 인생을 돌아보고 고민할 시간에 써도 아깝지 않다고 생각했다. 내 남은 수십 년을 행복하게 살기 위해 당분간 아무 걱정도 하지 않기로 했다. 오로지 지난 19년의 나를 돌아보며 내 인생에 대해 생각하고, 앞으로 뭘 하고 내 남은 인생을 어떻게 살아야 할지 생각하기로 했다. 내 똥고집을 누가 막으랴.

나는 원하던 대로 대학에 가지 않았고, 3월부터 6월까지 석 달을 내 인생에 대한 투자라고 말하며 베짱이처럼 펑펑 놀았다. 여행도 가고, 평일 텅 빈 극장에서 조조영화를 보기도 하고, 술에 취해 서울 시내 한복판을 낄낄대며 돌아다니기도 했다. 또 대학에 간 친구들을 만나 궁금했던 대학 생활에 대해 신나게 듣고는 돌아올 때 괜히 울기도 했다.

한번은 친구들이 엠티로 정동진에 다녀왔다는 얘기를 듣고 호기롭게 혼자 밤기차를 타고 정동진에 갔었다. '그래, 까짓것 나 혼자 가면 되지' 하면서 잔뜩 심술 난 얼굴로 기차를 탔다. 나를 맞이한 것은 밤바다였다. 그 까만 어둠이 울퉁불퉁한 내 마음을 가만히 어루만져 주었다.

새까만 밤바다처럼 막막한 내 인생. 해 뜨기 직전 새벽의 바다는 더 어두웠다. 하지만 말갛게 해가 뜨며 이내 사방은 눈부시게 빛났다. 아, 밤바다를 해가 밝혀준 것처럼 막막한 내 인생도 밝아질 거라는 근거 없는 자신감이 솟아올랐다. 그래, 열정만큼은 태양 못지않게 강한 나라고. 기다려, 내 인생!

나의 새로운 목표, 법무사

　　그렇게 고등학교를 졸업한 후 석 달 정도 베짱이처럼 놀았다. 그동안 수능시험을 향해서 쭉 긴장만 했었다. 그 긴장이 한 번에 풀리니 많이 지치게 됐고, 그 지친 시간을 회복하기엔 3개월이 필요했던 것이다. 3개월쯤 지나자 차츰 무언가라도 해야 되겠다는 조급한 마음이 들었다. 더 이상 지체할 시간이 없었다. 내 친구들 중 대부분은 대학에 가거나 내년에 대학에 가기 위해 재수를 했다. 하지만 내 머릿속에는 다른 그림이 그려지고 있었다. 고등학교 3학년 일 년을 돌이켜 보면, 비록 짧은 시간이었지만 공부라는 것이 의외로 내 체질에 잘 맞는다는 걸 확인하는 시간이기도 했다. '조금만 더 열심히 할 걸, 조금만 덜 자고 공부할 걸' 좀 더 열심히 하지 못했던 스스로에 대한 아쉬움이 마음 한쪽에 남아 있었다. 그래서 나는 죽이 되든 밥이 되든 다시 공부를 시작해야겠다고 다짐했다. 그것도 내가 하고 싶은 법 공부로!

처음 며칠간은 사법시험에 대해 알아봤다. 그런데 과정이 만만치 않았다. 기본적으로 사법시험은 법학 과목 35학점을 이수해야 되고, 토익 시험도 700점을 넘어야 했다. 학점을 따려면 대학에 입학을 하거나 학점은행제를 통해 수업을 들어야 했는데, 쉽지만은 않아 보였다. 게다가 당시 엄마가 교통사고가 나시는 바람에 목 디스크 수술을 하셔서 나 또한 정신이 없던 터였다.

사실은 토익 공부를 한다는 것 자체가 겁부터 났다. 나는 영어 단어 외우는 것을 좋아했고 그나마 잘했지만, 토익에는 자신이 없었다. 토익 학원에서는 수능 3등급 정도를 맞은 내가 토익 700점을 맞으려면 적어도 6개월은 밤낮으로 학원에 다니며 열심히 공부해야 된다고 했다. 6개월. 그리 긴 시간은 아니지만 그때 내게는 하염없이 기나긴 시간처럼 느껴졌다.

내가 지금 궁금하고 호기심이 가득한 건 오로지 법학이란 학문에 대해서였고, 궁극적으로는 사법고시에 합격하는 거였다. 그러나 그 전제 조건인 토익을 공부하는 데 필요한 6개월은 참기 힘든 시간이었다. 일단은 수술 후 동네 병원에 입원하신 엄마의 병 간호를 하면서 병원에서 법학 기초 동영상 강의를 듣기로 했다. 법 공부가 어떤 건지 감이라도 잡겠다는 심정으로 가볍게 공부하기로 마음먹은 것이다. 엄마는 병원 침대 옆 간이침대에 앉아 돌연 법 공부를 하려는 나를 보며 신기하시다는 듯 미소를 지었다. 그러다가 엄마가 입을 열었다.

"차라리 법무사 공부를 해보는 게 어때?"

"법무사요? 그게 뭔데요? 그런 직업도 있나요?"

나는 이제 갓 고등학교를 졸업한 애였다. 그때까지 법무사란 직업에 대해서는 들어본 적이 없었다. 다양한 직업을 알거나 겪어보지 못했음은 물론 어른들이 말하는 사회가 어떤 곳인지도 잘 모르던 때였다. 엄마는 주변 사람 중 법무사 일을 하는 분이 몇 분 있는데 업무 자체가 서민들에게 많은 도움이 되는 것 같다고 말씀하셨다. 내가 법무사 일을 하면 큰 보람을 느낄 것 같다고도 하셨다. 엄마 역시 딸이 저런 직업을 가지면 마음이 뿌듯할 것 같다며, 예전부터 늘 내가 법무사가 되었으면 좋겠다고 생각해 왔다는 것이었다.

나는 움찔했다. 지금껏 엄마는 내가 하는 것이면 뭐든지 믿고 응원해주고 격려해 주셨다. 죽어도 가수가 아니면 안 되겠다고 오디션만 보러 다니는 딸을 보며 차마 자신의 속마음을 말씀 못하시고 품고만 계셨던 모양이었다. 엄마한테 떳떳한 딸이 되고 싶었는데, 엄마의 속마음을 들으니 문득 내 자신이 부끄러워졌다. 법무사, 법무사……. 그날 들은 엄마의 말이 머릿속에서 떠나질 않았다. 나는 집으로 돌아와 법무사라는 직업에 대해 알아봤다. 법무사법 제2조에 규정되어 있는 '법무사가 하는 일'은 이랬다.

1. 법원과 검찰청에 제출하는 서류의 작성
2. 법원과 검찰청의 업무에 관련된 서류의 작성
3. 등기 기타 등록신청에 필요한 서류의 작성
4. 등기·공탁사건의 신청 대리
5. 제1호 내지 제3호에 의하여 작성된 서류의 제출 대행

일 자체는 주로 법률 관련 서류를 작성하는 것이었다.

검색을 하면서 법무사 수험생 사이트에 현직 법무사님이 올리신 글을 발견할 수 있었다. 나는 눈을 빛내며 그 글을 읽었다.

법무사는 변호사처럼 당사자를 대리해서 법정에 출석하여 변론할 수 있는 권한은 없다는 것, 하지만 변호사처럼 그 문턱이 높은 것은 아니라서 일반 서민들도 비교적 쉽게 접할 수 있다는 장점이 있다는 것, 사람들은 웬만한 민·형사사건에 대해서는 변호사보다도 법무사를 먼저 찾는 경우가 많은데, 이는 법무사의 문턱이 낮은 데다 더 친숙하게 느껴지고 상담료 등 비용이 적게 들기 때문이라는 것, 이렇듯 서민의 법률 상담에 많은 도움을 줄 수 있기에 무척이나 보람된 직업이라는 것. 그렇다고 법무사의 활동 영역이 반드시 일반 국민들의 일상적인 법률 문제에 국한되어 있는 것은 아니라고 쓰여 있었다.

법무사란 직업이 이런 것이구나. 조금씩 이해가 되며, 참 재밌고 보람 있는 직업일 거라는 생각이 들었다. 또한 회사나 법인의 설립, 합병, 청산, 회사의 자본 증가나 감소, 사채 발행, 본점 또는 지점의 이전이나 설치, 회사의 대표이사 등 임원이나 지배인의 선임, 변경, 해임에 있어서 필요한 법적 절차는 대부분 법무사가 대행하므로, 자연히 기업과 관련된 법률 문제에 대해서도 상담하게 된다면서, 법무사의 직역이 넓고 다양하며 참 좋은 직업이라고 적혀 있었다.

'그래, 이거야!'라는 생각이 들었다. 바로 내가 원하던 것이었다. 나는 새로운 기대감과 설렘으로 부풀어 올랐다. 3개월 동안 그저 먹고 놀던 나에게 법무사 공부란 신선한 자극제가 될 것 같았다. 엄마가 그렇게 원하시던, 또 내가 정말 하고 싶게 된 법무사 공부를 해야겠다고 맘먹었다. 나는

1차 1년, 2차 1년, 총 2년 만에 시험에 붙겠노라 다짐했다. 그리고 법무사 수험생들을 위한 홈페이지에 가입했다. 그런데 과목을 살펴보니, 오 마이 갓! 과목 수가 장난이 아니었다. 제1차 시험은 객관식 필기시험인데, 총 여덟 과목이나 되었다. 맙소사!

제1과목 : 헌법(40), 상법(60)

제2과목 : 민법(80), 호적법(20)

제3과목 : 민사집행법(70), 상업등기법 및 비송사건절차법(30)

제4과목 : 부동산등기법(60), 공탁법(40)

제2차 시험은 논문형의 주관식 필기시험이었는데, 이럴 수가! 1차 과목이랑 겹치는 게 거의 없었다!

제1과목 : 민법(100)

제2과목 : 형법(50), 형사소송법(50)

제3과목 : 민사소송법(70), 민사사건 관련서류의 작성(30)

제4과목 : 부동산등기법(70), 등기신청서류의 작성(30)

그나마 다행인 것은 응시 자격에 토익과 학점 이수 같은 다른 조건은 없었다는 것이다. 나는 당장 법무사 공부를 시작하기로 맘먹었다.

그나저나 여덟 과목을 언제 다 공부하나. 법무사 공부를 하려면 어떤 책들을 봐야 하고, 또 그 책을 어떻게 어느 정도로 봐야 하는지, 과목

별로는 어떤 공부 방법이 좋을지 머리가 복잡했다. 막상 시작하려니 한숨부터 나왔다.

법무사 수험생 홈페이지에는 개인의 상황에 따라 다르겠지만 법률 공부를 처음 하는 초학자의 경우 1차 시험에만 대개 2~3년 정도는 공부해야 한다고 나와 있었다. 헉! 1차만 기본이 2~3년이라니! 거기다가 1년에 최종 120명 정도 소수 인원만 뽑아서 경쟁률이 만만치 않다고 했다. 하지만 부딪쳐 보기도 전에 상심은 금물!

무슨 과목부터 공부할지 몰라서 우선은 인터넷으로 법무사 수험생 커뮤니티에 가입해 사람들의 조언을 얻었다. 가장 먼저, 민법을 공부하는 게 좋을 것 같았다. 민법은 사법이고, 생활과 밀접한 법이라 모든 법의 가장 기초가 되는 법이기 때문이다.

일단 병원에서 엄마를 간병하면서 민법을 공부하며 동영상 강의를 들었는데 한자로 된 법률 용어가 생소하게 느껴져 쉽지가 않았다. 그래도 처음부터 끝까지 한 번 다 들으면 조금 나으려니 하면서 민법이라는 게 어떤 학문인지 알고, 법률 용어에 익숙해지고, 감을 잡는다는 생각으로 마음을 비우고 공부했다. 이른바 뉘앙스(?)를 파악하는 데 초점을 뒀던 것이다. 그렇게 하다 보니 보름 만에 30강이나 되는 동영상 강의를 해치웠다(?). 강의를 듣다 보면 강사님께서 무슨 말을 하시는지 잘 모를 때도 있었지만, 일단 제쳐두고 아는 한도에서 이해하려고 노력했다. 하루하루 지날수록 조금씩 민법과 친해지는 느낌이 들었다. 물론 아직 매매가 뭔지, 도급이 뭔지, 피부에 와 닿는 건 아니었다. 하지만 무심코 들른 슈퍼에서 물건을 사고 돈을 내면서도 '이것 또한 슈퍼 아줌마와 나 사이에 성립하는 묵시적인 계약이구나' 하며 공부와 연관 짓고는 했다. 내 자신이 처음 걸음마를 떼며 아장아장 걷고 있는 어린아이 단계라는 생각이 들어 자꾸만 웃음이 나왔다.

그렇게 한 달 정도 법 공부에 매진하고 있을 무렵, 몇 년 전까지 사법고시를 오래 공부하다가 법원직 공무원이 되신 삼촌이 집에 방문하셨다. 엄마와 아빠는 삼촌에게 나와 오빠의 진로 상담을 자주 하셨는데, 삼촌은 늘 현명하고 냉철한 조언을 아끼지 않으셨다. 이번에도 역시 나에 대해 잔혹한 말씀을 하기 시작하셨다.

삼촌은 자신이 사법고시를 공부해 봐서 아는데, 법무사라는 시험이 정말 사법고시만큼이나 힘들다고 하셨다. 사법고시를 준비하던 사람이라해도 법무사로 진로를 바꾼 뒤에는 몇 년씩 공부한다고 혀를 내두르셨다. 더군다나 나는 나이가 어린 데다 실무 경력이 하나도 없어서 실무 과목이 많은 법무사 시험에는 쥐약이라고, 기적이 일어나지 않는 한 시험에 붙기 힘들 거라고 냉정하게 말씀하셨다. 그러면서 대학도 못 간 애가 갑자기 웬 법 공부를 하냐면서, 일단 대학에 가서 법학을 전공해 공부를 하는 게 남들 보기에도 우습지 않으니 대학 진학을 하라고 권하셨다. 삼촌이 얄미웠지만 부정할 수 없는 현실이었다. 지나가는 사람 100명을 붙잡고 물어봐도 삼촌과 같은 얘기를 할 것 같았다. 삼촌 말씀대로 난 남들이 다 간다는 그 흔한 대학조차 가지 못했다. 말 그대로 '고졸 학력'이고, 내가 가진건 꼭 시험에 합격하겠다는 열정과 막연한 자신감뿐이었다. 그런 나를 보며 삼촌은 정말 걱정이 돼서 진지하게 해준 말씀이라는 걸 나도 잘 알고 있었다.

　내 친구들 또한 그냥 재수를 하는 게 어떻겠냐고 했다. 법무사라는 게 뭔지는 잘 모르지만, 친척들 중 그런 자격증 시험을 준비하는 분들은 꽤 오래 공부한다면서, 대학에 가서 취직을 하는 게 편하지 않겠냐고. 네가 정말 뭐든지 열심히 해서 꿈을 이룰 수도 있지만, 굳이 왜 힘든 길을 선택하냐고 진심으로 걱정해 줬다.

　삼촌의 말을 듣던 날, 나는 집에서 나와 근처에 있는 초등학교 운동장을 숨이 차도록 달렸다. 스스로를 돌아보았다. 난 정말 안 되는 것일까? 다들 안 된다고 하는데 두 귀를 막고 나 혼자만의 고집대로 살아가는 것 같아 무섭기도 했다. 내가 정말 이길 수 없는 싸움을 하고 있는 것일까 하는 생각도 들었다. 나는 늘 의욕만 앞서왔고 이번에도 또 그러다가 중도에 포기할 것만 같은 두려움도 떨칠 수 없었다.

　지난 내 인생을 돌아보니 정작 이룬 것 하나 없었구나 싶어 슬펐다. 그러한 생각이 드는 순간 문득 떠오르는 긍정적인 생각. 아직 이룬 게 없다는 것은 앞으로 이룰 수 있는 것도 많고 그만큼 무한한 가능성이 존재한다는 뜻 아닐까?

　나는 운동장을 달리며 내 자신에게 한껏 힘을 불어넣었다. 나는 나를 믿기로 했다. 문제는 내 자신이었다. 내가 나를 긍정적으로 생각하지 못해 남들의 시선이 두렵고, 남들이 한 말에 흔들리는 것이다. 그런 생각을 하니, 앞으로는 삼촌의 비웃음과 친구들의 걱정에도 흔들리지 않을 수 있을 것 같았다. 내가 나를 믿고 내 능력을 긍정적으로 보면 무서울 게 없었다.

　비록 아무것도 이룬 게 없는 나지만, 나의 모든 것을 사랑하기로 했다. 나는 지금 내 길을 묵묵히 걸어가고 있는 것이다. 내가 선택한 길이다. 그 누구도 내 삶을 대신 살아주지 않는다. 나는 더 이상의 후회는 하지 않기로 했다. 그렇게 상처를 받은 그날, 오히려 나에 대한 믿음과 내 꿈에 대한 굳은 의지를 확인하게 되었다. 앞으로 이것보다 더 힘든 상황이 오고 주변의 시선이 날 괴롭혀도 늘 긍정적으로 생각하기로 했다. 저기 저 운동장 한편에 서 있는 단단한 나무처럼, 비가 오고 바람이 불어도 흔들리지 않는 내가 되기로 다짐했다.

나 스무 살 적에 하루를 견디고
불안한 잠자리에 누울 때면
내일 뭐하지 내일 뭐하지 걱정을 했지

두 눈을 감아도 통 잠은 안 오고
가슴은 아프도록 답답할 때
난 왜 안 되지 왜 난 안 되지 되뇌었지

그러던 어느 날 내 맘에 찾아온
작지만 놀라운 깨달음이
내일 뭘 할지 내일 뭘 할지 꿈꾸게 했지

사실은 한 번도 미친 듯 그렇게
달려든 적이 없었다는 것을
생각해 봤지 일으켜 세웠지 내 자신을

말하는 대로 말하는 대로
될 수 있단 걸 눈으로 본 순간
믿어보기로 했지
마음먹은 대로 생각한 대로
할 수 있단 걸 알게 된 순간
고갤 끄덕였지

말하는 대로 말하는 대로
될 수 있다고 될 수 있다고
그대 믿는다면

마음먹은 대로 (내가 마음먹은 대로)
생각한 대로 (그대 생각한 대로)
도전은 무한히 인생은 영원히
말하는 대로 말하는 대로

_처진 달팽이, 〈말하는 대로〉 중에서

신림동 고시촌에는 없는 게 없다

3개월 정도를 매일 혼자 집과 독서실만을 오가며, 인터넷 강의로 공부했다. 우리 동네 독서실에는 주로 공인중개사 수험생이나 고등학생들이 많았고, 법무사 수험생은 찾아볼 수도 없어서 가끔씩 답답한 마음이 들었다. 더구나 공부를 하면 할수록 자꾸만 우물 안 개구리가 되는 기분이 들었다. 신림동 고시촌 학원에 다니는 사람들이 부러웠고, 그 사람들은 나보다 더 열심히, 더 많은 정보를 가지고, 더 특별하게 공부할 것 같아 두려웠다.

그렇게 약간의 슬럼프가 올 무렵, 책이 도저히 눈에 들어오지 않아 갑갑해 하고 있던 어느 날이었다. 나는 오늘 하루 과감히 공부를 접기로 하고, 그렇게도 궁금하던 신림동 고시촌을 방문하기로 했다. 지하철을 타고 버스를 타고 약 한 시간 반이 걸려서 신림동 고시촌 입구라는 곳에 도착했다. 뭔지 모를 포스(?)가 느껴졌다. 딱 보이는 건 앞쪽으로 '샤' 모양의 서울대 정문과 저 멀리 보이는 장엄한 관악산, 오른쪽엔 큰 고시 학원 두 개가 버티고 있었고, 그 뒤로 오르막길에 온갖 상가와 서점들이 가득했으며, 왼쪽엔 원룸 건물과 독서실이 밀집되어 있었다. 우와, 세상에 이런 광경이 있다니. 입을 다물 수 없었다.

고등학교를 갓 졸업한 내게 고시촌은 정말 신기한 곳이었다. 버스에서 내려 내가 처음 간 곳은 고시촌에서 제일 크다는 학원이었다. 이럴 수가! 내가 본 고시생들은 가히 충격적이었다. 죄다 무릎이 늘어진 추리닝에 삼선 슬리퍼를 신고 있었다. 여자들은 머리를 질끈 묶고 알이 큰 뿔테 안경들을 쓰고 있었다. 헉. 예전에 TV에서 고시생들을 보고 '설마 진짜 저렇게까지 입겠어' 했는데. 맙소사, TV는 거짓말을 한 게 아니었다. 한편으로는 나도 매일 추리닝 차림에 슬리퍼로 독서실을 다녀서인지 동질감이 느껴지기도 했다. 학원은 새 건물이어서 꽤 깔끔하고 화장실에 비데 또한 있어서 이 학원을 다니는 수험생들이 무지무지 부러웠다. 우리 독서실에도 비데가 설치됐으면 하는 간절한 마음이 들었다. 거기다가 강의실은 정말 커서 몇 백 명이 한꺼번에 강의를 듣고 있었다. 우와! 이곳에서 공부를 하는 사람들이 이렇게나 많다니. 강의실 안의 열기는 뜨거웠고, 수험생들의 눈빛은 초롱초롱 빛나고 있었다. 나는 정말 우물 안 개구리였다는 생각이 들었다.

학원 실장님이란 분한테 법무사 공부에 대해 상담을 받았다. 과목이 많고 워낙 적게 뽑아 힘들긴 하지만 그만큼 좋은 자격증이라고 조언해 주시며, 각 과목별 공부 방법에 대해 구체적으로 잘 설명해 주셨다. 인터넷으로만 보던 강사님들한테 인사도 드리고, 궁금했던 점들도 질문하며 좋은 시간을 보내니 불안했던 마음이 한결 가라앉았다.

　　학원에서 나와서는 서점으로 갔다. 법학 전문 서점과 고시 전문 서점들까지, 정말이지 대한민국 온갖 고시 정보가 넘치는 곳이었다. 한자로 된 두꺼운 책들을 보며 나는 신이 났다. 놀랍게도 서점 주인아저씨들은 최근 대세인 책과 강사들의 강의 스타일, 그에 대한 평가까지 샅샅이 꿰뚫고 있었다. 그렇게 서점을 몇 시간 둘러본 후, 다음으로 내가 향한 곳은 3층짜리 큰 문구센터. 내가 지금까지 본 것 중 제일 큰 문구점이었다. 수험생들에게 필요한 온갖 문구가 진열되어 있었다. 종류도 다양하고, 연습장부터 펜, 독서대, 각종 필기도구까지 없는 게 없었다. 가격 또한 우리 동네보다 훨씬 싸서 놀라웠다. 계속 돌아보다 2차 수험생들이 쓰는 펜들과 답안지를 발견했다. 두근두근. 나도 내년엔 이 펜으로 답안지에 열심히 글을 쓰고 있겠지. 설렌 마음으로 펜과 답안지를 하나 샀다. 그렇게 하루 종일 고시촌을 돌아다니니 배가 고팠다. 주변 식당을 찾아봤는데, 종류도 참 많고 가격도 매우 저렴하였다. 인터넷에서 보던 고시 식당이라는 곳이 여러 군데 있었는데, 그중 제일 맛있다고 입소문이 난 곳을 방문했다. 그런데 오, 맙소사! 고시생들이 식당에서 다들 혼자 밥을 먹고 있는 게 아닌가! 고시촌엔 특히나 혼자 밥 먹는 사람들이 많다고 말로만 들었었는데……내 눈으로 직접 보니 나와 같은 처지 같아 안쓰럽기도 했다. 한편으로는 나도 더 열심히 해야겠다는 경각심이 들었다. 식당은 뷔페처럼 여러 가지 반찬과 밥, 국들이 진열되어 있었고, 나 역시 쟁반에 음식을 담아 푸짐히 먹었다. 저렴한 가격에 비해 밥과 반찬이 꽤 괜찮고 맛있었다. 이 맛있는 밥 때문에 수험생들이 고시촌에서 공부를 하나 싶을 정도였다. 어디 그뿐일까? 근처엔 카페가 많았는데, 웬만한 시내의 프랜차이즈 커피 전문점하곤 비교도 안 될 정도로 커피값이 쌌다. 아메리카노 한 잔에 단돈 천 원이라니! 가격이 싸다고 맛이 없지 않을까 걱정했지만, 여느 비싼 커피 전문점과 비교해도 손색이 없을 정도로 깊고 풍부하며 그윽한 맛이었다.

고시촌에 밀집된 독서실은 시설이 너무너무 좋았다. 독서실에 여성 휴게실도 있고, 수면실도 있고, 화장실도 럭셔리하며, 책상 또한 무지 크고, 요즘 대세라는 백색 소음기도 설치되어 있었다. 나는 수험생들이 사는 주거환경 또한 궁금해 발걸음 한 김에 고시촌에 있는 원룸도 구경하기로 했다. 인천에서 출발할 때 미리 검색해 알아두었던 원룸 주인아저씨께 전화해 방을 보여 달라고 졸랐다. 그런데 오 마이 갓! 방이 너무나도 작았다. 주인아저씨께서는 다들 이런 작은 방에 산다고 하셨다. 크고 넓은 원룸도 있었지만, 대부분이 작고 다닥다닥 붙은 원룸이었다. 고시원 쪽방과 비슷한 크기였다. 한편으로 생각해 보면, 하루 내내 독서실에서 공부하는 수험생들이 많으므로, 굳이 원룸이 크고 넓어야 할 필요는 없을 것 같기도 했다. 그렇게 먹는 곳부터 자는 곳까지 고시촌을 열심히 구경했다.

신림9동 위쪽으로는 엄청나게 긴 언덕이 있었는데, TV에서만 보던 달동네 같았다. 그 위쪽으로는 뭐가 있을까, 어떤 수험생들이 있을까 너무 궁금해 올라가 보기로 했다. 경사가 꽤 가팔라 숨이 턱턱 막혀왔다. 달동네로 향하는 언덕으로 올라가니 방값이 더 쌌다. 길에는 삼십대 중반은 되어 보이는 아저씨들이 꽤 많았는데, 장수생이 될수록 위쪽으로 올라가서 생활한다는 말이 떠올랐다. 저분들도 꿈을 가지고 와서 젊음을 다 이곳에 불태우신 분들인데, 아직도 이곳을 떠나지 못하고 있다니. 나도 계속 시험에 떨어지면 어쩌나 무섭기도 하고 두려워졌다. 그러면서도 많은 나이와 주변 사람들의 시선에도 불구하고 자신의 꿈을 위해 묵묵히 걸어가는 장수생분들을 보니 짠한 마음도 들었다.

언덕을 계속 올라가니 절이 나오고 산이 나왔다. 산바람이 살랑살랑 불어 이마에 송글송글 맺힌 땀을 식혀줬다. 나무에서 나는 솔내음 덕분에 기분도 한결 상큼해졌다.

고시촌은 물가가 굉장히 싸고, 수험생들이 공부하기 좋은 최적의 조건과 환경을 갖추고 있었다. 나도 이곳에서 공부하고 싶었다. 아무에게도 내색하진 않았지만, 친구들은 다들 대학에 가서 엠티니 뭐니 하며 재밌게 대학생활을 즐길 때, 어린 나이에 나 혼자 독서실에서 끙끙대며 공부해야 한다는 것이 외롭고 서러웠던 마음이 들었던 건 사실이다. 하지만 오늘 하루, 내 또래의 젊은 아이들이 이곳에서 열심히 공부하는 걸 보니 위로가 많이 되었다.

고시촌에 독서실을 끊고 집에서 통학을 할까 고민도 해봤지만, 한 시간 반이나 되는 거리를 아침저녁으로 통학하긴 무리일 것 같았다. 엄마를 설득해 9월에 고시원에 방을 얻고 고시촌에 입성하기로 결심했다. 나는 이미 익숙해진 인천 우리 집 독서실의 환경에 심히 질려 있었다. 무언가 전환이 필요했고, 새로운 환경이 필요했다. 바로 이곳이다 싶었다. 그래서 조만간 내 공부 환경을 바꾸기로 했다. 두 달만 참아라, 고시촌아! 내가 간다!

엄마 아빠는 처음에는 어린 딸을 서울에 내보내는 것 자체만으로 걱정이 많으셨다. 나는 그때까지 자취라는 것을 해본 적이 없었기 때문이다. 혼자 살면 아무래도 생활 패턴이 불규칙적으로 변할 수도 있고, 밥도 잘 못 챙겨 먹고, 무엇보다 나태해지고 게을러질까 걱정을 많이 하셨다. 나는 엄마한테 진심으로 호소했다.

"엄마, 내가 가서 몇 달만 공부하고 다시 인천으로 올게요. 이번만큼은 학원에서 실제 강의로 꼭 듣고 싶어서 그래요. 저 거기서 몇 달 동안 공부하면, 다시 집에 와서 잘할 수 있을 것 같아요. 지금까지 엄마 실망시켜드린 적 없잖아요. 저, 한다면 하는 애인 것 아시잖아요. 저 믿으세요, 엄마."

엄마는 꼭 그렇게 혼자 살면서 공부를 해야겠냐면서 눈물까지 글썽이셨다.

"이 주일에 한 번씩 집에 올게요. 먼 거리도 아니니까 엄마도 저 있는 곳에 자주 와보시면 되잖아요."

처음에는 반대하던 엄마도 꼭 거기서 공부를 해야겠다고 일주일 정도를 매달려 설득하니 마지못해 허락해 주셨다. 그리하여 2007년 9월, 마침내 나는 고시촌이란 곳에 입성했다.

고시촌의 동거녀들

내가 신림동에서 처음 살게 된 곳은 일반 가정집 같은 빌라였다. 큰 방 하나, 작은 방 두 개에 나를 포함하여 네 여자가 함께 살았다. 나는 작은 방에 살았고, 내 옆방에는 행정고시 공부를 하는 경애 언니, 앞의 큰 방에는 진아(가명) 언니와 나와 동갑인 영은이가 함께 살았다. 윗집에는 주인아줌마가 살고 있었고, 거실과 화장실은 공용이었다. 다행히 온전히 나 혼자 사는 건 아니라서 그나마 위안이 되었다. 그동안 공부를 하면서 혼자만 지내는 시간이 많다 보니 겁도 많아지고 성격이 소심해져서 우울한 기분에 조금은 힘들었기 때문이다.

그러나 친한 친구끼리도 같이 살다 보면 이런저런 일이 발생하는데, 20여 년을 다르게 살아온 사람들이 한 공간에 있으니 오죽하랴.

문제는 내가 처음 그곳에 입주했을 때부터 시작되었다. 쌀이나 반찬은 각자 몫으로, 주방은 함께 쓰는 형태였다. 나는 내 쌀을 담은 쌀통을 주방 서랍장에 넣어두었다. 그런데 일주일 뒤, 밥을 해 먹으려고 쌀통을 꺼냈을 때였다. 가득 담겨 있던 쌀통의 쌀이 거의 절반이나 줄어 있는 게 아닌가! 그리고 쌀 속에 몸을 파묻고 있는 건, 진아 언니 전용 쌀 푸는 컵!

이제 겨우 안면을 트고 지나가며 인사 정도만 하는 사이인데, 설마? 진아 언니의 컵이 왜 내 쌀통에 들어 있는 거지? 진아 언니가 내 쌀을 먹은 걸까? 말도 없이 내 쌀을 먹었다고 생각하니 황당하기도 하고 조금은 괘씸한 생각도 들었다. 하지만 뭔가 사정이 있어서 급하게 내 쌀을 먹었겠지 싶어서 나중에 언니를 마주치면 물어보기로 마음먹었다.

다음날 아침, 나는 진아 언니와 화장실 앞에서 마주치게 되었다. 어색한 인사 후 간단한 대화가 오갔다. 그런데 언니가 내 쌀통에 대해선 전혀 얘기가 없는 것이었다. 그래서 내가 먼저 말을 꺼냈다. "언니, 혹시 내 쌀 먹었어? 어제 보니깐 내 쌀통에 쌀이 많이 줄었더라고." 그런데 언니는 "아니, 안 먹었는데?" 하는 게 아닌가. 나는 "근데 왜 내 쌀통에 언니 쌀 푸는 컵이 담겨 있는 거지?" 했다. 그러자 언니는 너무도 태연하고 침착하게 그럴 리가 없다고, 자기는 내 쌀을 먹은 적이 없다고 딱 잘라 얘기하는 게 아닌가.

그래, 언니가 내 쌀을 말도 안 하고 먹었을 리도 없고 설마 먹었더라도 나중에 나에게 말했겠지. 거짓말을 하는 것 같지도 않고 그런 성격처럼 보이지도 않는데. 영은이나 경애 언니도 안 먹었다고 한 터라 나는 컵 때문에 언니를 의심했던 건데. 언니 말을 듣고 나니 조금 미안해졌다.

하지만 여전히 왜 내 쌀통에 언니의 컵이 들어 있었는지도 의문이고, 언니가 그런 게 아니라면 누군가가 우리 집에 침입을 했다는 건데 과연 누굴까 싶기도 했다. 궁금증이 일었지만 풀지 못한 채 시간은 흘러갔다.

몇 달쯤 지났을까. 어느새 같이 사는 사람들과 많이 친해져서 우리는 주말이면 공부하느라 쌓였던 스트레스를 수다로 날려버리는 사이가 되었다. 하지만 우리가 점점 친해지는 만큼 우리가 함께 사는 그곳에서 자꾸 수상한 일이 벌어지고 있었다.

내가 주방에 두고 한 번도 쓴 적이 없는 올리브유가 반 통이나 비어 있었고, 가끔 내가 사다가 냉동실에 넣어 놓은 아이스크림이 하루 이틀 사이 몇 개씩 없어지고는 했다. 욕실에서도 이상한 일이 계속 됐다. 우리의 공용 욕실에는 각자의 세면도구가 든 바구니가 있었는데, 영은이와 나는 한 달에 한 번씩 새로운 샴푸와 린스를 사다 놓아야 했다. 우리의 샴푸와 린스가 너무 빨리 닳았기 때문이다. 그러나 언니의 바구니에는 텅텅 비어 있는 샴푸와 린스 통이 석 달 내내 그대로 있었다.

그러던 어느 날. 내가 방 안을 환기시킨다고 방문을 잠그지 않은 채 학원과 독서실에서 밤늦게까지 공부를 하고 돌아온 날이었다. 채 네 평이 안 되는 작은 내 방바닥에 수박씨들이 있는 게 아닌가. 뭐지? 누군가가 내 방에 침입한 흔적이 분명했다. 그리고 내 눈앞에 떠오르는 진아 언니의 얼굴! 어제 진아 언니는 수박을 사 왔다며 자랑을 했었다. 나는 진아 언니에게 전화해 혹시 내 방에 들어왔었냐고 물어봤다. 그러나 진아 언니는 절대 아니라고, 처음 쌀통 사건 때 그랬던 것처럼 부정했다. 영은이와 나는 점점 언니의 태도에 불만이 생겼다. 우리 앞에서는 좋은 말을 늘어놓고 착하게 굴면서 뒤에서는 민폐와 이기심으로 우리의 신경을 건드리는 언니가 못마땅했다. 물건 좀 같이 쓰자고 하거나 급해서 썼다고 인정을 하기라도 하면 그렇게까지 화나진 않았을 거다. 매번 너무나도 티 나게 나와 영은이의 물건을 쓰고는 아니라고 잡아떼기 일쑤였다.

한번은 언니 방에서 세 사람이 거울을 보며 패션쇼(?)를 하다가 내 바지를 두고 온 적이 있는데, 다음날 말도 없이 입고 나가버린 적도 있었다. 이렇게 명확한 증거가 있을 때조차 이런저런 변명을 해대며 끝까지 잘못을 인정하지 않는 언니의 태도에 난 마음이 상했다. 우리가 언니보다 어리고 어느 정도 친한 사이니까 이 정도는 그냥 넘어가 주겠지 하는 안일한 생각을 하는 것 같았다. 우리를 우습게 보는 것 같기도 하고……. 타인에 대한 배려심이 없는 언니의 행동에 난 점점 기분이 나빠졌다. 가뜩이나 1차 시험이 얼마 남지 않아 더 예민해진 내게 언니는 눈엣가시 같은 존재가 되어버렸다.

나는 영은이에게 더 이상은 그냥 넘어갈 수가 없다, 대책(?)이 필요하다고 말했다. 그러나 매사에 긍정적이고 낙천적이었던 영은이는 나더러 그냥 넘어가자고, 우리가 이해해 주자고 했다. 샴푸와 린스가 그렇게 비싼 것도 아니고, 시험 붙은 다음에 나가면 안 볼 사이인데 괜히 시끄럽게 굴어서 좋을 게 뭐가 있냐는 거였다.

물론 영은이 말에도 일리는 있었다. 한 집에 사는 사람들끼리 남의 샴푸와 린스를 조금씩 쓰는 것 자체는 사소한 일일 수도 있으니까. 오히려 그런 것을 일일이 따지고 넘어가는 것이 더 피곤한 일일 것이다. 그렇지만 문제는 진아 언니가 미리 상대방의 동의를 구하지도 않고, 지적을 해도 전혀 미안해 하지 않는다는 거였다. '아, 이렇게 해도 남이 나한테 뭐라 하지 않으니 내가 그렇게까지 잘못한 건 아니구나' 생각하고 앞으로도 계속 그럴 것 같았다. 어쩌면 진아 언니의 저런 나쁜 행동은 꽤 오랜 기간 동안 반복되어 습관이 된 것인지도 몰랐다. 자신의 행동이 남에게 민폐를 끼치는 염치없는 짓이고, 본인에게도 나쁜 이미지를 준다는 걸 모르는 걸까. 언니가 이렇게 된 데는 지금까지 언니의 행동을 묵인해 온 사람들의 탓도 있다는 생각이 들었다.

나는 내 눈앞에서 증거(?)를 잡고 현장(?)에서 언니의 자백(?)을 받아 내기로 결심했다. 그리고 문제의 날. 밖에서 점심을 먹고 집에 들어왔을 때였다. 진아 언니의 방에서 인기척이 들렸고, 자신의 방에서 공부를 하고 있는 듯했다. 나는 그날 아침 일부러 방문을 열어두고 나갔었는데, 언니가 덫(?)에 걸려들었던 것이다. 아침까지 내 방에 있던 선풍기가 없었다. 분명히 진아 언니가 자신의 방에서 내 선풍기 바람을 쐬고 있을 게 뻔했다. 지금이 바로 기회다! 나는 진아 언니의 방문을 똑똑 두드렸다. 그런데 갑자기 진아 언니가 방에 없는 척을 하는 게 아닌가. 최근에는 독서실 가지 않고 방에서 공부하는 것 뻔히 아는데, 분명 신발장에 언니의 신발도 있고, 바로 조금 전까지도 방에서 소리가 났었는데 말이다. 나와 마주치면 이러지도 저러지도 못할 게 뻔해서 아예 문을 잠그고 방에 아무도 없는 척을 하는 거였다. 나는 문손잡이를 잡고 소리쳤다.

"언니, 문 열어! 안에 있는 것 다 알아. 내 선풍기 언니 방에 있지?"

나도 모르게 그동안 쌓였던 것을 한 번에 마구 쏟아냈다.

"언니 도대체 왜 그래? 언니가 나랑 영은이 샴푸 몰래 쓰는 것 다 알아. 내가 사놓은 아이스크림 비닐이 언니 방에서 굴러다니는 것도 다 봤다구. 내 방에서 수박은 왜 먹은 건데? 맨날 아니라고 부정하기만 하고."

시험을 앞두고 예민할 대로 예민해진 상태에서 내 분노는 절정에 달했다.

"다들 그러려니 하며 언니 행동 눈감아줬던 모양인데, 나도 그럴 줄 알았겠지만 난 달라. 나 우습게 보면 언니 큰코다칠 거야. 오늘 저녁까지 내 선풍기 안 돌려주면 절도죄로 경찰에 신고할 거라구!"

내가 그렇게 30분이 넘도록 방문을 두드리며 소리치는 동안에도 언니는 꼼짝도 하지 않았다. 나는 결국 다시 도서실로 가 공부를 했다. 언니가 어떻게 나오나 싶어서 이번에는 방문을 잠가 놓았다. 그날 밤, 집에 오니 내 방 앞에 선풍기가 놓여 있었다. 나는 영은이에게 낮에 있었던 일을 말하고 진아 언니를 불렀다. 영은이 내 옆구리를 찌르며 말렸지만 난 할 말을 토해내기 시작했다.

"언니, 마지막으로 경고하는 거야. 앞으로 한 번만 더 우리 물건에 허락 없이 손대거나 우리 반찬, 간식을 먹다가 걸리면 주인아줌마에게 그동안 언니가 한 일들을 다 말할 거야. 그리고 언니 내보내지 않으면 우리 둘이 방을 나갈 거라고 할 거야. 언니는 이미 돌이킬 수 없는 강을 건넌 거야. 우리에게 신뢰를 잃었다구. 한 번 더 이런 일이 생기면 더 이상 언니랑 한 집에서 못살아. 그러니까 앞으로 행동 조심하는 게 좋을 거야."

그 후 더 이상 도난 사건은 일어나지 않았다. 각자의 물건을 정확하게 구분하고, 아무리 급해도 남의 물건은 쓰지 않는 암묵적인 규칙이 생긴 것이다.

고시촌 정복기

신림동 고시촌에 입성하게 되면서 설렜던 것은 학원에 가서 직접 수업을 듣는 것이었다. 드디어 내일부터 첫 수업이다. 과연 실강(인터넷 강의를 인강, 동영상 강의를 동강이라고 부르는 것처럼 실제 강의를 실강이라고 부른다)은 어떨까? 어떤 사람들이 법무사 공부를 할까? 오랜만에 사람 구경할 생각에 내심 설레었다. 다음날 나는 아침 7시 30분에 일어나 씻고 근처 고시식당에서 간단히 아침을 해결한 뒤, 한 손에는 천 원짜리 아메리카노 한 잔을 들고 학원으로 향했다. 길에는 추리닝을 입고 무거운 가방을 맨 고시생들이 많이 걸어 다녔다. 다들 학원에 가는 것 같았는데, 그중에서는 유독 나랑 같은 방향으로 걷는 사람들이 많았다. 개중엔 서울대 야구 잠바를 입고 등교하는 서울대 학생들도 꽤 있었다. 내가 다니던 학원 바로 옆이 서울대로 가는 셔틀버스 정류소였는데, 서울대생들이 셔틀버스를 타느라 꽤 길게 줄을 서서 기다리고 있었다. 대학생들이 부러워지는 순간이었다. 나도 딱 10년 전으로 돌아가면 차곡차곡 열심히 공부를 할 텐데 하는 뒤늦은 후회도 들었다. 내 또래 아이들이 대학에 갈 때 나는 고시 학원에 가고 있었다. 어렸을 적 공부하지 않은 죄로 지금 공부를 하며 속죄(?)한다는 기분도 들었다. 한편으로는 내 꿈을 위해 매진하는 내 자신이 대견하기도 했다. 대학생들 중에서도 어차피 고시를 준비하는 사람이 있을 텐데, 오히려 내가 더 빨리 시작하는 거라고 스스로를 위로하기도 했다.

학원에 도착하니 강의실에는 50명 정도 되는 사람들이 듬성듬성 앉아 있었다. 오 마이 갓. 다들 나이가 꽤나 있어 보였다. 이십대 언니 오빠들도 몇몇 있었지만, 삼십대 언니 오빠들과 머리가 살짝 희끗할 정도로 연세가 지긋한 분도 계셨다. 꿈을 위해 현실에 안주하지 않고 열심히 노력하다니, 존경스러웠다. 어린 사람들만 꼭 고시를 준비하는 게 아니구나 싶기도 했다. 나 역시 자리를 하나 차지하고 수업 들을 준비를 했다. 곧 수업 시간인 9시가 다가오고, 내가 인터넷으로 보던 강사 선생님이 들어오셨다. '반갑습니다, 쌤!'

첫 강의는 민법 총칙에 대해서였다. 집에서 동영상 강의를 듣고 온 뒤라 어느 정도 감이 잡혀 있어서 이해하는 데 크게 힘들진 않았다. 하지만 쌤은 내일부터 매일매일 OX 쪽지 시험을 볼 테니 복습을 꼭 해오라고 신신당부하셨다.

나는 당시 많이 의기소침해져 있었던 터라 좀처럼 사람들에게 말을 걸기 힘들었다. 다들 공부에 지쳐 있는 듯했다. 사람들은 서로 말을 잘 하지 않고 자신의 공부에만 집중하는 분위기였다. 그래도 쉬는 시간에 몇몇 사람들이 고맙게도 나에게 처음 보는 얼굴이라며 말을 걸어 주었다. 그렇게 내 고시촌 생활은 시작되었다.

공부를 시작한 후, 1년 6개월이란 시간이 흘렀다. 어느새 2009년이 밝았다. 이곳 고시촌에서 스무 살을 맞이할 줄이야. 작년, 그러니까 2008년에는 만 열아홉 살이란 나이에 1차 합격이라는 기적과도 같은 큰 선물을 받기도 했다. 하지만, 이 또한 올해 2차를 합격하지 못한다면 무의미한 선물이리라. 내년에 다시 1차를 봐야 되기 때문이다.

지난 반 년, 나보다 기초가 탄탄하고 공부 기간이 긴 수험생들을 누르고 단기간에 합격을 했단 기쁨에 벅차 2차 공부에 집중하지 못한 건 사실이었다. 2차 시험은 9월 중순, 이제 8개월이란 시간밖에 남지 않았다. 더 이상 여유를 부릴 순 없다. 정신을 차려야 된다. 나는 한곳에서 오래 공부를 하는 스타일은 아니었다. 그래서 스터디가 끝나자 새 출발을 다짐할 겸 2차 수험생들이 많은 독서실로 자리를 옮겼다.

소문에 의하면 이곳 독서실 사람들은 무지 예민하고 소음에 민감해 발소리조차 최대한 조심하며 사뿐사뿐 걸어야 되고, 냄새가 나는 커피 음료수 등은 절대 반입 금지라고 했다. 만일 이를 어길 시엔 당사자의 책상에 '경고합니다'라는 내용의 문구가 적힌 포스트잇이 잔뜩 붙여진다고. 나는 자신만만했다. 여기 있는 수험생들보다 천 배 만 배 더 집중하고, 귀신같이 조용히 공부할 자신이 있었다. '그래, 이런 곳에서 공부를 해야 주위 사람들을 보며 자극받고 더 열심히 할 수 있을 거야.'

그러나 그 무서운 독서실에 처음 입실한 날, 난 자리를 들락날락거릴 때마다 수많은 포스트잇 세례를 받아야 했다.

그러던 중 문제가 생겼다. 독서실에 자리가 없어 하는 수 없이 문 앞 구석진 책상에서 공부하게 됐는데, 그곳은 입구라서 바닥에 보일러가 제대로 들어오지 않는 것이었다. 1월, 한참 겨울인 날씨에 내가 앉은 자리의 바닥은 냉골이었고, 자꾸 찬기가 올라왔다. 두 시간쯤 책을 보고 앉아 있노라니 감각이 무뎌질 만큼 발이 얼어 있었다. 이대론 도저히 안 될 것 같아서 독서실 총무님께 따졌다.

"여름도 아니고, 엄동설한 날씨에 어떻게 보일러를 안 고쳐 주실 수 있죠? 바닥이 너무 차가워서 책이 눈에 들어오지 않는다구요. 당장 고쳐 주세요!"

그러자 총무님 왈, "아니, 수면 양말을 사 신든지 담요를 덮든지 하면 될 것 아니야. 따뜻한 자리가 없는데 어쩌라는 거야. 지금은 수리 기사들이 바빠서 수리비가 무지 비싸니까 한 달 뒤에 고쳐줄게. 그냥 참아."

헐. 법을 공부하는 분께서 이렇게 몰상식할 수가. 나는 9만 원이라는 정당한 독서실비를 지불했다. 독서실비 9만 원에는 추운 데서 공부하지 않을 권리가 포함된 것인데, 이러한 임차인의 권리를 짓밟으시다니!

물론 총무님 입장이 이해가 안 되는 건 아니었지만, 한 달이나 더 추위에 떨며 공부하라는 건 너무하지 않은가! 나는 좀 더 강력하게 호소했다. 그런데 나에게 돌아온 대답은 비웃음뿐이었다.

"아니, 나이도 어리고 새파랗게 젊은 애가 무슨 법 공부를 하겠다는 건데? 1차 합격? 어쩌다 운이 좋아 붙었겠지. 하지만 네가 법에 대해서 뭘 알아? 차라리 여기서 시험 합격할 것 같은 순진한 놈 꼬셔서 시집가는 게 더 빠르겠다."

뭐라고? 사실 고시촌에 와서 직접적으로는 아니지만 저런 뉘앙스의 눈초리를 받은 적이 꽤 있었다. 심지어 어떤 노총각 아저씨는 여자가 공부해서 성공해 봤자 좋을 것 없다는 말도 했다. 아무리 시대가 바뀌어도 여자들은 업무적인 면에서 남자보다 뒤처지는 게 당연하다면서, 여자 인생은 그저 시집 잘 가서 살림 잘하는 게 최고라며 나의 기분을 상하게 했던 것이다. 어떤 분은 네가 공부 잘해서 시험 붙어봤자 다 네 남편만 좋은 일 시키는 것이라는 식의 농담도 했다. 나는 기가 막혔다. 지금이 조선시대도 아니고 시대가 어느 땐데 어떻게 저런 말들을 할 수 있단 말인가. 차라리 내가 대학을 못 가서, 나이가 어려서, 경험이 없어서, 머리가 안 좋아서 시험을 포기하라는 말은 그나마 조금이라도 설득력이 있다 치자. 그러나 단지 여자라는 이유만으로, 거기다가 '어린 여자'라는 이유만으로, 저런 핀잔을 들으며 내 꿈에 대해서 뭐라 뭐라 간섭하는 소리를 들어야 한다는 것이, 아직도 저런 발상을 하고 저런 말을 하는 사람이 있다는 사실 자체가 이해가 가질 않았다. 나는 지금껏 받아온 온갖 핍박과 시선을 총무님께 폭발시켜 버렸다.

"뭐라구요? 저기요, 제가 얼마 전에 형법을 공부하다 살인 사건과 연관된 판례를 본 적이 있거든요. 그때는 이해하지 못했는데요, 당신 같은 인간을 보니 이젠 이해가 좀 되네요. 사람이 왜 살인을 저지르는지."

말이 끝나기가 무섭게 난 화장실로 뛰어 들어갔다. 맙소사. 대체 내가 무슨 말을 한 거야. 이렇게 거칠고 험한 말을 쓴 건 태어나 처음이었다. 다음날, 우리 독서실은 대대적으로 보일러 공사를 했고, 총무님은 나를 볼 때마다 피하셨다.

　지금이라도 뒤늦게 총무님께 사과의 말을 전하고 싶다. 나도 모르게 그동안의 울분이 폭발해서 아저씨께 몹쓸 말을 하고 말았다. 아저씨, 그렇게 심한 말을 했던 것, 정말 죄송합니다.

수고했어 오늘도
아무도 너의 슬픔에 관심 없대도
난 늘 응원해, 수고했어 오늘도

_옥상달빛, 〈수고했어 오늘도〉 중에서

고시촌에서 맞이한 스무 살

2009년 2월 9일, 고시촌에서 처음 맞는 이십대의 생일이다. 만 스무 살, 이제 나도 법적으로 성인이 되었다. 드디어 내가 성년이 되다니, 믿기지 않았다. 나는 빠른 생일이어서 학교를 일 년 빨리 입학한 터라 내 친구들은 나보다 한 살이 더 많았다. 친구들 셋이 내 생일을 축하해 주러 고시촌에 놀러 왔다. 우리는 고시촌에서 젤 맛있는 치킨집에서 생맥주를 마시며 수다를 떨었다. 친구의 남자친구 얘기부터 시작해서 요즘 유행하는 옷 스타일, 재밌는 드라마, 멋있는 배우, 화장품 등 이런저런 얘기가 끊임없이 이어졌다. 하지만 오늘 같은 날, 그냥 이렇게 넘어갈 수는 없었다. 분위기가 점점 고조되기 시작하고, 우리는 모두 좀 더 신나고 자극적인 무언가를 필요로 하고 있었다. 그 순간, 한 친구가 입을 열었다.

"보경아, 너 나이트나 클럽 같은 데 한 번도 안 가봤지? 오늘 네 생일인데 우리 기념으로 나이트 가자! 이제 우리도 성인인데 유치하게 노래방에서 노래만 부르고 놀긴 아깝잖아."

나이트? 내가 아는 나이트란 곳은 영화나 드라마에서 본 이미지, 천장에 축구공만큼 크고 둥그런 전등에서 호화스런 빛이 나오며 무대가 있는 곳, 남녀가 춤을 추고 술을 마시고 대화를 나누는 곳, 퇴폐적이지만 젊음이 느껴지는 자유로운 곳? 나이트, 그곳은 실제로 어떨까? 대체 어떤 사람들이, 무슨 대화를 나누며, 어떻게 놀까? 친구의 유혹에 귀가 솔깃해졌다. 그래, 한 번 가보는 것도 나쁘진 않겠지. 그렇게 스무 살 성인으로서 처음 맞이한 내 생일, 나와 친구들은 진한 화장을 하고 짧은 치마에 높은 구두를 신고 당당하게 고시촌을 박차고 나왔다.

우리가 도착한 곳은 압구정의 한 나이트클럽. 나도 이제 성인이니 입구에서 당당히 주민등록증을 보여줬다. 내 맘대로 이런 곳을 드나들 수 있는 자유. 성년이란 이런 걸까?

처음으로 나이트클럽에 입장한 나는 이곳저곳 부킹을 다녔다. 그곳에 놀러 온 남자들은 고시촌에서 볼 수 없던 스타일의 남자가 많았다. 이제 갓 사회생활을 시작한 직장인부터 내 또래의 대학생들, 군대를 갔다 온 복학생들도 꽤 있었다. 나와 전혀 다른 환경에 사는 그들과 많은 대화를 나누며, 나는 내가 고시생이란 생각을 완전히 잊었다. 지금 이 순간만큼은 그저 호기심 많고 노는 것 좋아하는 여대생이 된 것 같았다. 부킹을 그만하고 술김에 스테이지에 올라갔다. 고막이 터질 정도로 큰 노랫소리가 흘러나오고 있었다. 앞이 깜깜해 잘 보이지 않고 정신도 없었다. 치킨집에서 내 생일파티를 하며 마신 술기운이 마구 올라왔다. 나는 그저 리듬에 몸을 맡겼다. 내친김에 소리도 질러봤다. 춤도 췄다. 우리 넷은 똘똘 뭉쳐 스테이지를 밟았다. 행복이 뭐 별건가 싶었다. 내가 좋아하는 친구들과 이렇게 웃고 떠드는 게 진정한 행복이지. 나는 이미 내 본분은 망각한 지 오래였다. 그렇게 우리들은 새벽 4시까지 나이트에서 젊음을 즐겼다. 하지만 즐거움은 한순간일 뿐, 다시 각자의 위치로 돌아가야 되겠지…….

나이트클럽에서 나온 우리는 근처의 해장국집으로 향했다. 얼큰한 해장국을 한 그릇씩 먹고 나오니 어느새 해가 떠 있었다. 아침 6시. 첫 지하철을 타고 다시 고시촌에 돌아가는 길. 그렇게 허무할 수가 없었다. 역에 도착할 때마다 문이 열리고, 넥타이를 맨 깔끔한 정장 차림의 회사원들이 물밀듯이 들어왔다. 내 몸에서는 술 냄새가 폴폴, 얼굴에는 진한 화장이 번져 있었다. 사람들이 날 보며 무슨 생각을 할까? 눈이 마주칠 때마다 어딘가 숨고 싶을 정도로 창피했다. 누군가는 오늘 하루를 이렇게 새벽부터 시작하는데, 어젯밤 그저 노는 것에 미쳐 이제야 집으로 들어가다니. 난 고시생이다. 어젯밤 일찍 잠자리에 들어 오늘 아침부터 다시 공부를 했어야 했다. 대학에 다니는 친구들처럼 젊음을 즐길 여유도 시간도 없는 처지인데. 그런 내가 쾌락과 타락에 젖어 내 본분을 망각하고 있었던 것이다.

집에 계신 부모님의 얼굴이 떠올랐다. 대학도 못 간 내가 어떻게 법 공부를 하냐며 남들 다 말릴 때에도 말없이 나를 응원해 준 엄마. 엄마는 오늘도 딸이 학원에 나가 열심히 공부를 할 거라고 믿고 계실 텐데. 밤새 춤을 춘 내가 부끄러워지고 죄책감이 들었다.

그래, 실수는 한 번이면 충분해. 다시는 나이트에 가지 말아야겠다고 다짐했다. 아니, 가더라도 2차 시험을 치고 나서 시간이 날 때, 합격을 해서 누구에게도 부끄럽지 않을 때, 당당히 놀아야겠다고.

2009년 나의 '기득권 시절'

처음 2차 공부 초기 단계 땐 수험 기간 중 가장 여유 있게 공부를 했던 시기였다. 1차 객관식 시험을 준비할 때는 외우는 데 급급해서 지나쳤던 사안들을 기본서를 통해 다시 보니 이해도 잘 되고, 공부의 틀이 체계적으로 잡히는 느낌이었다.

학원 2순환강의가 시작되었다. 순환이란 전 수험과목을 한 바퀴 돌리는 것을 말한다. 고시 공부는 반복 학습이 중요한데, 3~4개월을 한 기간으로 잡고 이 기간 안에 전 수험과목의 전 범위를 다 공부한다. 이런 과정을 일 년에 몇 차례 되풀이하면서 1순환, 2순환, 3순환이라 부르는 것이다. 곧 다가올 3순환에 가속도를 내려면 2월부터 6월까지는 어떻게든 내공을 쌓겠단 의지로, 학원 강의를 빼고도 하루에 열두 시간 정도 공부하는 데 집중했다. 혼자 공부하게 되면 시간적으로 여유를 부릴 수도 있겠지만, 그 시간을 낭비하게 되면 치명적이다. 그러므로 혼자 공부할 때는 어떻게든 학원 진도나 계획표에 맞추어 나가는 것이 가장 효율적인 것 같았다. 이렇게 하지 않으면 슬럼프에 빠졌을 때 내가 어느 정도 위치에서 얼마만큼 흐트러졌는지 확인이 어렵고, 다시 내 페이스를 유지하거나 복귀하는 데 더 시간이 걸리기 때문이다.

지난 일 년간, 형법은 사실관계와 이론보다는 판례 위주로 공부하고, 사례집을 보며 죄목을 맞히는 연습을 하고, 법전에 있는 조문을 답안을 쓰는 데 최대한 활용하려고 했다. 예를 들어 형법 제257조에 관해 답안을 쓴다고 가정해 보자.

형법 제257조(상해, 존속상해) ①사람의 신체를 상해한 자는 7년 이하의 징역, 10년 이하의 자격정지 또는 1천만 원 이하의 벌금에 처한다. ②자기 또는 배우자의 직계존속에 대하여 제1항의 죄를 범한 때에는 10년 이하의 징역 또는 1천500만 원 이하의 벌금에 처한다.

법전에는 이렇게 나와 있는데(2차 시험장에선 소법전을 제공해준다), 여기에서 주체, 객체(대상), 행위를 뽑아내려 노력했다. 주체는 자연인이고, 객체는 사람의 신체이고, 행위는 상해이다. 이때 판례에 따르면 형법상 상해란 신체의 생리적 기능을 훼손하는 것을 말하므로 이러한 것들을 답안 쓸 때 잘 뽑아내려고 노력했다. 형사소송법은 형법에 관련된 소송 절차이므로, 이론 위주보다는 실무, 단문을 외우는 데 초점을 두고, 역시 판례 문구를 암기하고 소송 절차를 이해하려고 노력했다.

예컨대 돈을 빌려주고 돌려받지 못하는 경우, 민사법원에 대여금 반

환을 청구하는 민사사건은 민사소송에 속한다. 그러나 살인 사건처럼 국가가 피해자를 대신하여 처벌하는 한편, 피고인의 인권을 보호하기 위한 절차는 형사절차라고 한다. 형사소송법에서 수사란 이러한 형사사건의 실체에 대하여 조사하는 절차를 말하는데, 수사기관은 검사가 주체이며 사법경찰관리(통상 경찰)는 검사의 지휘를 받아 수사를 보조한다. 경찰이나 수사기관이 수사를 개시하는 단서에는 제한이 없다. 피해자 기타 고소권자나 고발인의 신고, 풍문이나 신문 기사로부터 수사가 시작될 수도 있고, 수사관 스스로 목격하고 인지한 경우에도 수사를 시작할 수 있다. 다음은 내사와 입건. 수사기관이 수사를 개시하기 전 내부적으로 혐의 여부를 조사하는 경우를 내사라 한다. 형사사건으로 되어 공식적으로 수사를 개시하는 것은 입건인데, 이와 같이 입건이 되어 수사대상이 되면 형사소송법상 '피의자'가 된다. 이 개념을 꼭 염두에 두고 내가 지금 공부하는 절차가 이 중 어디에 해당하는지 고민하며 공부를 했다.

민사소송법은 정말 어려운 과목이다. 형사소송법에 비해 양도 많은데다 실무 경험이 전혀 없는 내게는 모르는 사례를 단번에 이해할 능력이 없었다. 난 강사님께 하소연했다. 강사님은 모르는 게 당연한 거라고, 시험장에서 잘하면 된다며 절대로 이 과목을 버리지 말라고 신신당부하셨다. 그래, 지금까지 뭐 다 알고 공부해 왔나? 무식하게 밀어붙이는 것 하나만큼은 자신있는 내가 아닌가. 나는 각오를 다졌다.

본격적으로 민사소송법의 의의, 요건과 효과를 암기했다. 민사소송법은 제1심 소송절차 파트가 제일 중요한 부분인데, 이 부분은 기출문제를 보며 최대한 이해하고 그 이해를 토대로 암기하려고 애썼다. 무엇이 민사소송에 속하는지 우선 파악했다. 민사소송을 법원에 제기하려면 원칙적으로 소장訴狀이라는 서면을 작성하여 제출하여야 한다. 이 소장에는 적극적 당사자인 원고가 소극적 당사자인 피고를 상대로 원하는 청구가 무엇인지 특정해야 되는데, 이 부분이 실무에서도 시험에서도 중요하므로 중점적으로 공부했다.

예를 들어, 미성년자나 태아가 민사소송의 원·피고가 될 수 있는지, 종중宗中과 같은 비법인사단이 소송을 제기할 수 있는지 생각하면서 공부했다. 이렇게 당사자를 특정하게 되면 이제 소장을 제출하는데, 한 번 소장을 내서 특정된 청구를 민사소송의 대상으로 삼으면 이것과 중복하여 동일한 청구를 민사소송의 대상으로 삼지 못한다. 이를 중복소송이라 한다. 이 파트는 뒤의 기판력, 제소금지 파트와 연결되는데 민사소송의 꽃이라고 불릴 정도로 실무에서도 시험에서도 중요한 부분이다. 이러한 중복소송을 무제한 인정하게 되면 당사자가 도박 삼아 민사소송을 제기할 염려가 있고(재판의 농락 방지), 법원도 법관에 따라서 결론을 다르게 내릴 위험이 있어서(판결의 안정성) 혼란을 빚을 것이기 때문이다. 법원이 소장을 접수하면 곧 그 부본을 상대편 당사자에게 우송하고, 이 소장 부본을 받은 상대편 당사자는 이 공격에 대한 답변을 서면으로 작성하여 법원에 내는데 이를 '준비서면'이라고 부른다. 그 후 이 답변서를 받은 당사자 측은 이것에 대한 재답변을 서면으로 마련하여 법원에 낸다(답변서). 이와 같이, 법원이 양측 당사자의 가운데 서서 각자의 공격과 방어에 관한 서면들을 받아서 상대편에게 우송하여 이른바 서면을 통한 준비를 하게 한다. 이러한 소장 답변서 따위가 제대로 교환되면 변론을 위하여 법정에 나가기 전에 이미 그 사건에 대한 쟁점이 무엇인가가 자연히 표출되게 마련이다.

이 무렵 법원은 공개한 법정에서 당사자 양측을 동시에 대면할 수 있도록 기일을 정하여 부른다. 이 기일을 변론기일이라 부르는데, 당사자는 반드시 출석하여 이미 서로 교환한 서면들에 기재된 사항을 구술로 진술하고, 법원을 중심으로 하여 그 사건의 쟁점을 정리, 표출시킨다. 이 기일에 출석하지 않으면 기일불출석 자백간주 등의 효과가 나타나는데, 이 부분도 시험에 중요한 부분이므로 집중적으로 공부했다. 주로 의의·요건·효과를 기본적으로 암기하고, 관련 판례를 숙지해 사례를 풀 때 뽑아낼 수 있도록 훈련했다.

민법을 공부하기 시작하니 앞이 캄캄해졌다. 답안을 쓰기 위해서는 어느 정도의 암기가 필수인데, 민사소송에 중점을 두다 보니 민법을 공부할 시간이 터무니없이 부족했다. 그렇다고 1차 시험 때 미리 잘해 놓은 것도 아니었다. 기본서를 보려 했으나 양도 많고 마음이 급하다 보니 좀처럼 눈에 들어오지 않았다. 하는 수 없이 학원 교재로 수업을 들으며 교안이라는 민법 2차 책에 있는 사례를 보고, 문제를 이해하는 데 초점을 뒀다. 사례를 풀 때는 책의 내용을 암기해 대입하는 방식으로 풀어 여러 책의 사례를 풀더라도 암기의 기본은 하나의 책으로 단권화하였다. 그리고 이 책을 최대한 여러 번, 빨리 읽으려고 했다. 판례 문구를 외울 땐 키워드 위주로 암기했고, 논거는 노란 형광색, 결론은 주황 형광색으로 정리했다.

전년도에 1차에 합격해 1차 시험을 면제 받은 해를 '기득권 시절'이라고 부른다. 말도 많고 탈도 많던 나의 기득권 시절도 어느덧 막바지에 이르고 있었다. 2차 시험까지 3개월밖에 남지 않은 상태였다. 시험이 가까워질수록 내 마음도 타들어갔지만 그 긴장감이 싫지만은 않았다.

실력은 조금씩 조금씩 오르고 있었다. 형법, 형소, 민소는 작년 이맘때쯤 2차를 공부하며 처음 접하게 됐는데, 그땐 일주일에 두 번 정도 보는 사례형 주관식 시험을 볼 때면 답안지에 뭘 적을지 몰라 종종 백지로 내곤 했었다. 일 년이란 시간 동안 세 번 정도 강의를 듣고 기본서를 5회 정도 정독하니 이맘때쯤은 달라져 있었다. 학원에서 매일 두 시간씩 시험을 보는데, 문제를 볼 때마다 이게 적어도 뭘 묻는 건지, 뭘 써야 할지 목차 정도는 알아챌 수 있었던 것이다.

학원에서는 매일 아침마다 시험을 봤다. 전날 시험 범위에 해당하는 파트를 공부해 시험 준비 겸 막판 정리를 했다. 합격에 대한 확신이 조금씩 커질 무렵, 사람들은 매일 나오는 모의고사 등수에 점점 예민해져 갔다. 매일 모범답안을 내는 학생들이 몇 명 있었는데, 보이지 않는 신경전이 오갔다. 나 역시 내 등수가 낮은 날에는 주눅이 들기도 했지만, 진짜 싸움은 9월에 있을 2차 시험장이 아니던가. 나는 '마지막으로 체계적 정리를 할 수 있는 기회다'라는 생각으로 각 과목에 대한 기본서와 요약집에 부족한 부분을 채워 넣고, 최대한 양을 줄이는 일명 단권화 작업을 하며 암기해갔다.

서울대 도서관에서 공부하다

겨울이 지나고 고시촌에도 달콤하고 따듯한 봄이 찾아왔다. 이미 2차 한 번, 1차 해거리(2차가 떨어진 후, 그 다음해 시험에서 1차에서도 불합격함을 뜻함)를 거치며 나는 오랜 수험생활에 심적으로나 체력적으로 많이 지쳐 있었다.

과연 내 청춘에도 봄날은 올까? 그래도 나는 아직 어리긴 어린가 보았다. 봄이 오니 그렇게 가슴이 뛰고 설렐 수가 없었다. 독서실에 앉아 공부하는 게 더 힘들어졌다. 창밖을 볼 때마다 푸른 하늘과 따스한 태양이 날 유혹했다. 자꾸만 밖으로 나가고 싶었다. 그곳이 어디든 따사로운 햇살을 느끼며 무작정 길을 걷고, 사람들을 구경하고 싶어졌다.

나는 공부를 하면서도 적당히 경치도 구경하고 바람도 쐴 수 있는 방법을 찾아보았다. 마침 학원에 다니는 언니 몇 명이 아침에 수업을 듣고 오후에 서울대 도서관에 가서 공부를 하고 있었는데, 나도 함께할 수 있게 되었다. 그렇게 늘 독서실에서 공부하던 방식을 접고 분위기 전환도 할 겸 서울대 도서관으로 향했다.

우리 학원 앞에는 서울대 셔틀버스를 기다리는 곳이 있는데, 아침에 학원에서 수업을 듣고 점심을 먹고 난 뒤 그곳에서 셔틀버스를 타고 서울대 도서관으로 고고씽! 밖에서만 보던 캠퍼스는 버스를 타고 안으로 들어가 보니 정말 컸다. 음, 이래서 학교 안에 버스가 다니는 거군.

캠퍼스를 걷는 대학생들을 보니 늘 시험에 대한 걱정과 압박으로 찌들어 있던 나와 달리 여유 있게 캠퍼스 생활을 즐기는 것 같아 너무 부러웠다. 나는 법무사 공부를 시작한 후 '합격할 수 있을까'라는 걱정이 마음 한구석에 남아 하루도 마음이 편할 날이 없었다. 나도 그들처럼 마음 편히 살 날이 올까 싶었다.

나는 중앙도서관 일반인 열람실 5, 6층에서 공부했는데, 이곳에는 나처럼 전업 수험생들이 많았다. 재수를 준비하는 어린 친구들도 있었고, 우리 어머니 아버지 또래로 보이는 수험생들도 있었다. 중앙도서관은 천장이 높고 평수가 넓어 작고 아늑한 독서실에서 공부했을 때와는 또 다른 느낌을 주었다. 창밖으로는 관악산이 보여 눈이 아플 땐 그곳을 응시하고, 공부가 안 될 때 잠깐 캠퍼스 구경도 하고, 대학생들을 보며 풋풋한 기운(?)을 얻었다. 밥은 서울대 학생회관 식당에서 해결했는데 꽤 먹을 만했다. 혹시 이 책을 읽는 독자 중 공부를 하는 수험생들이라면 어느 날 갑자기 아무 이유 없이 공부가 안 될 땐 환경을 바꿔보는 것도 좋은 방법이라고 추천하고 싶다. 너무 오랫동안 같은 환경에서 있으면 슬럼프가 오기 마련이니까 말이다.

　그렇게 언니들과 서울대 도서관에서 공부한 지 2주쯤 되었을까. 갑자기 오빠한테서 전화가 왔다. "너 혹시 요새 서울대 도서관에서 공부하니?" 아니, 어떻게 알았지? 정말 신기했다. 오빠 말로는 자기 친구 중에 서울대 경제학과에 다니는 친구가 있는데, 경제학과 학생들이 도서관에서 법 공부를 하는 나를 보고 관심이 생겨 나에 대해 조사를 좀 했다는 것이다. 내가 법 공부를 하고 있어서 처음엔 법대생인 줄 알았단다. 나중에 책에 쓰여진 내 이름을 보고 찾아보았지만 법대 재학생 중에 내 이름이 있을 리 없었다. 소문은 흘러 흘러 우리 오빠 친구의 귀에까지 들어갔고, 나를 보러 온 오빠 친구가 내 친구 동생 같다고 한 것이다. 그리고 그 사실을 우리 오빠에게 말한 것이었다. 깜짝 놀랐다. 여태껏 남들 시선을 의식하며 살아 온 적이 없던 나였는데, 누군가가 어디서 날 지켜보는 일이 있을 수도 있구나 생각하니 앞으로 행동을 조심해야겠다는 생각도 들었다.

　그 일이 있은 지 보름 정도 지났을까. 나는 서울대 도서관에서의 공부를 그만두고, 다시 독서실에서 공부를 했다. 꼭 그 일 때문에 그런 건 아니었지만, 사람 많은 곳에 있다 보니 나도 모르게 자꾸 남을 의식하고 신경 쓰게 되는 게 마음에 걸렸다. 무엇보다 한 달 정도 기분 전환을 하고 나니, 다시 독서실에서 공부를 하고 싶은 마음이 들어서였다. 역시 내 체질엔 독서실이 맞는 듯했다.

나도 흩날리는 벚꽃이고 싶어라

어느 금요일 저녁이었다. 밤마다 내가 사는 집의 현관문을 잠갔나 확인하고, 화장실의 작은 창문까지 제대로 잠갔나 확인하는 내 모습을 본 영은이가 입을 열었다. "안 되겠다. 너 내일 저녁에 나랑 여의도 벚꽃 축제 가자."

영은이 눈에는 내가 안돼 보였나 보다. 영은이는 내가 그동안 너무 공부만 많이 했으니 지금은 바람을 쐬어야 할 시기라고 했다. "밖을 한 번 봐. 화창한 봄날이라구!" 영은이가 날 유혹(?)했다.

영은이는 나랑 동갑내기 친구다. 대원외고를 졸업하고 서울대를 다니는데, 스무 살 어린 나이에 행정고시 공부를 하러 고시촌에 와서 벌써 2년째 행정고등고시 2차 시험을 준비하고 있었다. 시험을 준비하고 있다는 점에서 나랑 비슷했지만, 내가 가지 못한 그 유명한 대원외고에 대한민국 최고의 명문대 서울대 경제학과라니. 영은이는 내 주변에 있는 또래 친구들 중 유일하게 초엘리트급(?) 스펙을 가지고 있는 친구였다.

그런 영은이를 볼 때면 내 자신이 초라하게 느껴질 때도 있었다. 스스로의 열등감 때문이겠지만 학벌이나 스펙 얘기가 나올 때면 나도 모르게 주눅 들었고, 그럴 때면 내심 부러운 마음에 나도 대학에 진학할 걸 그랬단 생각이 들 때도 있었다. 고3 때 대학에 주르르 떨어진 이후로 대학 진학에 대한 꿈은 마음 한편에 접어둔 터였다.

우리 둘은 전혀 다른 환경에서 자라고 다른 학벌을 가져서 처음에는 잘 어울리지 않을 것 같았지만, 시험에 합격하겠다는 똑같은 목표로 신림동 고시촌에 모여 있는 동지였기 때문에 급속도로 친해질 수 있었다. 더구나 비슷한 어린 나이에 공부를 시작했다는 점에서 동질감은 점점 커갔다. 가십거리로 수다 떠는 걸 즐기고, 맛있는 것 먹는 걸 좋아하고, 호기심 많은 이십대여서인지 우리는 둘도 없는 친구 사이가 되었다. 주말이면 함께 치킨에 맥주 한 잔도 하고, 공부하다가 힘든 점이 있으면 조언해 주고 격려해 주며 서로에게 많이 기댔다.

그래, 너무 오랫동안 고시촌에 박혀 있었어. 고등학교 때 반 친구들과 여의도로 벚꽃을 보러 갔을 때, 그때 참 아름다웠는데. 옛날 기억이 새록새록 떠오르며 영은이를 따라 벚꽃놀이가 가고 싶어졌다.

지난 6개월 동안 고시촌을 벗어나 본 적이 없었는데, 이렇게 갑자기 벚꽃이 그리워지는 걸 보면 아직은 내가 청춘인가 보았다. 다음날, 벚꽃을 보러 가는 것도 모자라 2 대 2 미팅까지 하게 되었다. 아는 언니가 친한 친구인 대학생 오빠 두 명과 여의도에서 재밌게 놀라고 자리를 만들어 준 것이었다. 처음 보는 남정네 둘과 함께라니 신경이 좀 쓰였다. 영은이는 그냥 부담 없이 같이 재밌게 놀고 오자고 했는데, 흩날리는 벚꽃만큼이나 내 마음은 살랑거렸다. 그렇게 정말 오랜만에 예쁜 화장에 여성스러운 원피스를 갖춰 입고 여의도로 갔다. 사람들이 무척 많은 그곳에서 대학생 오빠들을 만나 함께 벚꽃놀이를 즐겼다. 해가 진 여의도 공원에 눈처럼 하얗게 흩날리는 벚꽃들. 독하디 독한 스물두 살 처자의 마음을 사르르 녹게 만드는구나. 흩날리는 벚꽃이 화려한 조명을 받으며 싸라기눈처럼 내리고 있었다.

초등학생 때, 〈어린왕자〉를 읽고 주인공에게 반해 '사랑이란 뭘까? 미래의 내 배우자는 지금 뭘 하고 있을까?'라는 엉뚱한 생각을 자주 한 적이 있다. 다시금 그 시절로 돌아간 기분이었다. 우리는 사진도 찍고, 간단한 요깃거리인 번데기, 솜사탕 등을 먹으며 벚꽃 길을 걸었다. 국회의사당부터 여의나루까지 다리 아픈 줄도 모르고 오랜만에 많이도 걸었다.

폭죽까지 터지기 시작했다. 뻥뻥! 밤하늘에 빛나는 별처럼 폭죽들이 솟아올랐다. 사람들은 환호했다. 사진도 찍고, 웃고 떠들고…… 신나게 봄을 즐기고 있는 나는 여느 청춘과 다를 게 없어 보였다.

아, 나도 흩날리는 저 하얀 꽃잎처럼 훨훨 날고 싶었다. 그저 바람이 이끄는 대로, 내 몸과 마음도 저 바람에 맡기고서. 바람을 탄 벚꽃은 솜털처럼 하늘을 날아, 어린아이의 마음속에 연인들의 사랑 속에 친구들의 우정 사이에 살포시 내려앉았다. 내 마음도 저 꽃잎처럼 어린아이의 마음이 되어, 누군가의 연인이 되고, 좋은 친구가 되고 싶었다.

끝까지 버티는 자가 웃는다

해거리 후 동차 합격을 위해 민법을 파겠다는 생각으로 공부했다. 9월부터 11월까지 3개월간 민법 요해를 2회독하기로 맘먹었다. 처음 두 달은 하루에 50쪽씩, 그 다음 달은 하루에 100쪽씩 보게 되었다. 지금 생각해도 그 시절 나는 스스로에게 소름이 끼칠 정도로 열심히 했다.

12월부터는 전 과목 객관식 강의를 듣고 오후에 객관식 진도 나간 만큼의 기본서를 보는 방법으로 복습을 시작했다. 1차가 객관식이지만 2차를 대비해야 했으므로 민법, 민사집행법, 등기법은 공부할 때 스스로 의문을 제기했다. 특히 중요한 판례는 뿌리까지 파헤치겠다는 다짐으로 늘 마음속에 물음표를 가지고 공부했다.

왜 법원은 이 사안에서 이렇게 판결했을까부터 시작했다. 물권 파트에 들어가니 판례는 전세권에 저당권이 설정된 경우, 존속기간 만료로 용익물권적 권능이 소멸하면 담보물권적 권능이 남지만 저당권을 실행할 수 없다고 하는데 왜 그럴까 하는 의문이 들었다. 원칙적으로 전세권은 용익물권적 권능과 담보물권적 권능을 겸유한다고 되어 있지 않던가. 밥을 먹으면서도, 화장실을 가면서도 계속 고민했다. 결국 저당권 파트를 펴서 저당권의 의의와 성질 파트를 찾아봤다. 저당권은 담보물권에는 설정할 수 없다는 깨알 같은 한 줄이 의문을 해소해 줬다. 이렇듯 수십 번 고민하고 수백 번 고민한 끝에 궁금증이 풀릴 때마다 느껴지는 쾌감은 내게 진정으로 공부하는 재미를 깨닫게 해줬다.

선의취득 파트를 공부하다 민법 제249조 선의취득에서 소유권을 취득한다고 되어 있는데, 이 경우는 선의취득을 한 양수인은 선의취득 효과를 거부하고 본래의 소유자에게 동산을 반환 받아 갈 것을 요구할 수 없다고 보는 것이 판례인 걸 깨달았다. 이렇게 민법 조문을 볼 때 '다 죽었어!'라는 심정으로 의미를 하나하나 파헤쳤다. 조문이 가지는 의미, 이 조문을 왜 만들었는지 등등…… 이렇게 공부하니 조금씩 머릿속에 체계가 잡히는 느낌이었다.

이렇게 판례를 볼 때 항상 궁금증을 가지고 자꾸 찾아보며 공부한 내용을 되새김질하다 보니 저절로 터득되는 경지에 이르게 되었다. 암기보단 이해 위주의 판례 공부에 익숙해질 무렵, 상법 공부를 하다가도 민법 기본서를 뒤져서 둘 사이의 차이점을 발견하고 공부하는 내공이 생겼다. '대견하다, 정보경!' 피식 미소가 나왔다.

민법은 그렇게 이해 위주로 3회독 공부를 마치고, 민사집행법 과목 공부를 시작했다. 민사집행법은 민사소송에서 받은 판결을 위주로 그 판결을 집행하는 법인데, 쉽게 생각하면 판결 받은 걸로 직접 채무자 집에 찾아가 돈을 받아내는 과정을 다룬 법이다. 그러므로 이 민사집행법의 뿌리는 우리의 사적 자치의 기초가 되는 민법이다. 난 늘 민법 기본서를 참조했다. 가압류와 가처분의 차이, 채권에 대한 가압류, 물건에 대한 가압류, 등기청구권에 대한 가압류…… 이런 식으로 중요한 파트는 늘 비교하며, 또 왜 차이가 나는지 의문을 가지고 최대한 이해에 중점을 맞춰서 정리해 나갔다. 전 과목을 다 이런 식으로 공부하다 보면 시간이 너무 걸리기 때문에 나는 강사님이 중요하다고 한 것 위주로 꼼꼼히 공부했다.

공탁, 가족관계 등록법, 상업등기법 이들 세 과목은 3월 이후에 본격적으로 시작했다. 역시나 이 또한 요약집을 여러 번 보면서 이해보단 암기에 중점을 뒀다. 적은 시간으로 최대한 많은 점수를 받으려면 실수하지 않는 게 관건인 만큼, 조문은 한 글자 한 글자 정확하게 외우려고 노력했다.

나는 자랑스런 대한민국의 밤샘하는 수험생
이번 시험만은 합격이라고 객기 부려 보지만
행여라도 청천벽력 다시 낙방한다면
나만 믿고 사는 내 님 어떡해 이젠 정말 붙어야 돼
이제 고시촌은 사요나라야 난 정말 이젠 붙을 거야

헤이헤이헤이 기도해 줘 하늘이 도울 거야
헤이헤이헤이 용기를 줘 그러면 잘될 거야

_백곰, 〈고시촌 사랑가〉 중에서

돌아이가 되어가는 스스로의 마음 다스리기

2011년 봄, 나는 6월에 있을 1차 시험 때문에 신림동 방에 살며 아침 저녁으로 공부에 매진하고 있었다. 고시촌은 큰 도로보다는 사이사이 작은 도로 즉 골목길이 많은데, 차보다는 오토바이들이 많이 지나다녔다. 주로 음식을 배달하는 오토바이가 많지만 가끔 학생들이나 일반인들도 오토바이를 자주 타고 다녔다.

어느 날 밤이었다. 그날 아침도 여느 때처럼 수업을 듣고, 총 여덟 시간이라는 공부 시간을 채운 뒤 11시 30분쯤 독서실에서 나와 귀가하는 중이었다. 저 먼 곳에서 엄청나게 큰 소음이 들려왔다. 고시촌에 폭주족이 나타난 걸까? 생각이 채 끝나기도 전에 그 오토바이가 빛의 속도로 나를 향해 돌진해 오는 것이 아닌가! 쒸잉! 순간 오금이 저리고 아무 말도 할 수 없었다. 조금만 더 가까이 왔어도 내 몸은 저 멀리 날아갔을 텐데 다행히도 오토바이는 바로 내 앞에서 멈춰 섰다. 나는 대뜸 오토바이 운전자를 향해 크게 소리치고 싶었지만 차마 그러지는 못하고 "조심하세요, 사람 칠 뻔했잖아요" 했다. 그런데 오토바이에서 내려선 이 남자, 내 말은 들은 척도 않고 내 바로 뒤의 순댓국집으로 유유히 들어가는 게 아닌가.

'미친놈.' 나도 모르게 속으로 욕이 나왔다. 사람을 놀라게 했으면 사과를 해야지 미안한 기색 하나 없었다. 나는 놀라서 아직도 가슴이 쿵쾅대는데, 저리 뻔뻔할 수가. 기분이 나빴지만, 덩치도 크고 무섭게 생긴 남자였기에 여자인 내가 덤비기에는 역부족이었다.

하는 수 없이 내 방으로 돌아왔지만 여전히 분이 가시지 않았다. 창문 밖으로 내 방 바로 앞 순댓국집에 앉아 술을 마시는 남자가 보였다. 나는 얼마 안 남은 1차 시험 때문에 극도로 예민해 있었고, 지금껏 받았던 모든 스트레스가 그 남자 때문에 폭발할 지경이었다. '그래, 날 놀라게 한 대가를 톡톡히 치르게 해주겠어!' 나는 창밖으로 휴대폰을 내밀어 남자의 오토바이를 찍었다. 그리고 112를 살포시 눌렀다. 112는 고시촌 지구대로 연결해 주었다. 나는 지구대에 있는 경찰에게 고시촌에 폭주를 하는 인간이 있는데, 그 인간이 엄청나게 큰 굉음과 빠른 스피드로 사람들을 놀라게 만들며 그걸 즐기고 있다고, 우리 동네 치안이 걱정이 되어 전화를 드리니 꼭 좀 조치를 취해 달라고 부탁했다.

그리고 남자를 주시한 지 10분쯤 지났을까. 경찰차가 왔다. 경찰 아저씨 두 명이 순댓국집으로 들어가서 남자에게 뭐라 뭐라 훈계를 하는 것 같았다. 남자는 고개를 숙이며 죄송하다고 사죄하는 눈치였다. 아, 이렇게 통쾌할 수가. 지금 돌이켜 보면 나도 참 진상이긴 했지만, 아직도 그때를 생각하면 쌤통이다 싶다.

　　그런데 이상하게도 나는 그 일이 있은 후 길거리를 지나갈 때마다 오토바이만 보면 깜짝깜짝 놀라게 되었다. 그때의 순간적인 공포가 너무 컸던 걸까. 오토바이만 보면 날 들이받을까 봐 무서웠다.

　　그 시기에 한참 형법 공부에 매진하고 있어서 더 그랬을지도 모르겠다. 한적한 길을 걸을 때 조금이라도 무섭게 생긴 사람이나 검은색 계열의 모자를 쓰고 마스크를 쓴 남자들이 있으면 너무 무서웠다. 식은땀이 나고 걸음이 빨라져 그 사람들을 피하게 되었다. 더 심각한 건, 그런 사람들이 나한테 조금이라도 가까이 오면 나도 모르게 길 한복판에서 소리를 지르게 된다는 거였다. 지금 생각해 보면 사람들이 오히려 그런 나를 보며 무서워했을지도 모르겠다.

　　나는 강도를 만나거나 누군가에게 범죄를 당한 적이 한 번도 없었다. 하지만 이상하게 밤늦게 길을 걷거나 조금이라도 무서운 환경이 조성되면 머릿속엔 늘 범죄와 관련된 상상이 맴돌았다. 상대방이 내게 꼭 나쁜 짓을 할 것만 같았다. 내가 과민해서 그렇다는 걸 알면서도 상대방이 범죄를 저지를 것처럼 보이는 건 어쩔 수 없었다. 공부를 너무 많이 해 정신이 이상해진 걸까? 진지하게 고민해 볼 필요가 있을 것 같았다.

　　아는 언니가 친한 정신과 의사에게 내 상태를 말하고 조언을 구했다. 내 병명을 정확히 표현할 수 있는 말은 없지만, 안전과민증으로 보인다고 했다. 시험에 대한 불안하고 초조한 마음이 이런 현상을 불러일으킨다는 것이다. 약간은 강박 증세여서 강박증 약을 복용하면 좋아지긴 하겠지만, 최대한 마음을 편하게 먹고 평소 명상을 자주해 마인드컨트롤을 하는 방법이 최선일 거라고 했다.

그랬다. 벌써 3년을 넘게 법 공부만 했다. 끝장을 보고 말겠다고 다짐한 2011년이 오고, 1차 시험이 석 달밖에 남지 않았다. 작년에 1차에 떨어지고, 올해가 정말 마지막이라 생각하는 만큼 1차·2차를 한 번에 붙어야 된다는 마음, 이번에 떨어지면 앞으로 몇 년을 더 공부해야 될지 모른다는 압박감에 뜬눈으로 밤을 지새운 적도 많았다.

그 무렵 나는 자기 전에 늘 형법 관련 판례를 만화로 각색한 만화책을 보고 잤다. 그 만화책은 사회를 뒤흔들어 놓을 만큼 이슈가 되고 시험에도 자주 출제되는 쟁점과 관련된 사례 및 대법원전원합의체 판례를 이해하기 쉽게 그려 놓고 있었다. 19세 미만은 구독 불가였던 그 책에는 강간부터 시작해서 살인, 강도, 방화 등이 실감나게 그림으로 묘사되어 있었다. 지금도 생생히 기억나는 건 가장 충격적인 실화였던 '의붓아버지가 딸을 강간했던 사건'이다. 치가 떨리는 사건이었다. 이 사건의 피해자는 의붓아버지에게 10년 이상 성폭행을 당하고, 성인이 된 후 남자친구와 공모하여 아버지를 살해했다. 이들은 강도가 침입한 것처럼 위장하였지만, 끝내 살인죄로 체포되었다. 저간의 사정을 감안하여 형은 낮게 받았다.

또 두 번째로 특이한 사건은 '트랜스젠더가 강간죄의 객체가 될까?'라는 문제와 관련된 사건이었다. 대법원은 1996. 6. 11. 선고 96도 791 판결에서 트랜스젠더를 강간죄의 객체인 부녀로 인정하지 않아 강간죄로 기소된 피고인에게 무죄를 선고했다. 하지만 2009년 4월 가장 최근에 하급심인 부산고등법원에서 호적상 남자인 트랜스젠더 피해 여성을 성폭행한 혐의로 법원에 기소된 피고인에 대하여 강간죄를 인정함으로써 "트랜스젠더 여성은 강간죄의 객체인 부녀에 해당한다"는 첫 판결을 하여 사회적으로 관심을 끌었다. 트랜스젠더 여성이 가지고 있는 성적 귀속감, 사회생활 태도 등 정신적·사회적 관점 등을 더 중요시하는 경향으로 법원의 관점이 변경되고 있는 걸 볼 때, 향후 대법원에서 "트랜스젠더 여성을 강간죄의 객체인 부녀로 인정한다"는 취지의 판례가 나올 날은 그리 멀지 않을 것으로 보인다.

항상 이런 잔인하고 끔찍한 사건에 대해 아무렇지도 않게 사람들과 토론하고 공부를 하다 보니, 자연스레 꿈도 평탄하지 않았다. 누군가 살인을 저지르는 꿈, 강도를 하는 꿈 등 악몽에 시달려야만 했다. 이런 불안하고 초조한 감정들이 미묘하게 섞여 나를 '안전과민증'이라는 강박증까지 걸리게 만든 것이었다.

나는 앞방에 살고 있던 내 베스트프렌드 영은이한테 조언을 구했다. 영은이는 웃으며 말했다. "이래서 선배들이 고시 공부 오래 하면 정신병자 된다고 그러는구나, 킥킥."

영은이는 내가 너무 공부만 해서 그렇다고 했다. 즉, 다른 보통 사람들처럼 영화를 보거나 차를 마시고 바람을 쐬는 등의 여가 생활을 전혀 하지 못해서 그렇게 된 거라며 휴식을 권했다. "보경아, 급할수록 돌아가라는 말이 있잖아? 넌 너무 불 같아. 네 안에 있는 화火를 좀 식혀봐."

나는 꼼꼼하고 예민한 성격은 아니다. 그런데 뭔가에 꽂히면 무서운 집착(?)을 하게 되고, 그것 때문에 늘 안절부절 살아왔다.

신화 팬클럽 활동을 할 때도, 가수가 되겠다고 수많은 오디션을 보러 다닐 때도, 법무사가 되겠다고 공부를 할 때도 모두 마찬가지였다. 내 안의 무언가가 자꾸만 꿈틀거렸고, 그 꿈틀거림은 끝내 나를 실행에 옮기게끔 불을 붙였다. 욕심이 과해 가끔은 나 자신을 비난의 수렁에 빠뜨리기도 하고, 내 주변 환경을 탓하기도 하고, 내 뜻대로 되지 않을 때면 이루 말할 수 없는 좌절감과 절망이 부메랑이 되어 돌아올 때도 있었다.

작년 해거리를 떨어지고, 하도 답답한 마음이 들어 엄마 몰래 관악산 밑의 무당집에 가 점을 본 적이 있었다. 무당은 내가 타고날 때부터 경금硬金의 성질을 가지고 태어났으며, 화가 많은 사주이니 항상 자제하고 절제하며 살라고 조언해 줬다. 또 이러한 천성은 타고난 것이므로, 칼을 지닌 직업인 의사나 경찰이 되거나 법조계에 종사하면 잘 맞을 거라고 덧붙였다.

내가 자꾸 시험에 떨어지는 이유도 당장 마음만 급해 멀리 보지 않고 계획을 짜서다. 나는 이 들끓어 오르는 화를 명상으로 다스리기로 했다. 평소 명상을 자주하던 아는 오빠한테서 CD를 받았다. 시험이 3개월도 채 남지 않았지만, 자기 전에 잔인한 그림과 설명이 적나라하게 표현된 '만화로 보는 형법'을 보기보단 명상 CD를 켜고 명상 강의를 들으며 최대한 마인드컨트롤을 하려고 노력했다. 명상을 하게 되면 우리의 뇌는 이완 상태인 '알파파'를 내보내게 되는데, 이러한 알파파는 혼란스러웠던 감정을 편안하게 해준다. 점점 잡념이 사라지면서 의식을 하나로 모을 수 있기 때문에 집중력도 향상되고, 생각이 사라지면 그로 인해 일어났던 감정도 사라지게 된다. 즉, 마음을 비우고 모든 잡념을 없앨 수 있게 되는 것이다.

오랜 수험 생활로 긴장 상태가 지속되어서 계속 스트레스를 받아왔던 나로서는, 늘 머리가 뜨거워지고 어깨와 목이 자주 굳었었다. 명상을 하면서 몸과 마음이 이완되어 머리가 시원해지고, 어깨와 목은 가벼워지는 느낌을 받았다. 나는 초보자이므로 가장 쉬운 방법을 택했다. 일단은 자리에 편안히 앉은 후 손은 무릎 위에 편안히 올려놓고 어깨를 위아래로 들썩이거나 목을 움직여 몸을 이완시킨 다음, 눈을 감고 숨을 크게 들이쉬었다가 내쉬기를 5회 정도 반복한다. 이때 입꼬리를 살짝 올려 미소를 짓는다. 숨을 고른 후 편안해지면 호흡에 집중을 한다. 그리고 숨이 들이마실 때 숨이 드나드는 길을 최대한 느낀다. 숨을 내쉴 때는 나에게 안 좋은 기억인 모든 잡념과 감정과 상상을 내보낸다는 기분으로 내뱉는다. 다시 숨을 들이쉴 땐 푸른 나무가 울창한 관악산 계곡의 흐르는 물소리, 풀내음 등을 상상하며 맑은 공기를 마신다고 생각한다. 이때 초보자의 경우 얼마간의 시간이 지나면 온갖 잡생각이 떠오르게 된다. 나 역시 처음 일주일간은 억지로 집중하려고 애를 썼다. 그럴 때 재빨리 다시 호흡에 집중한다. 이렇게 흐트러지고 집중함을 반복하다 보면 자신이 느껴보지 못한 최대한의 집중력을 느낄 수 있다. 나를 얽매고 있는 시험, 엄마의 잔소리, 친구들의 눈초리, 매일 아침마다 나오는 시험 성적 등수, 합격해야 된다는 정신적·육체적 압박에서 벗어나 마음의 평온을 얻는 이 순간!

그렇게 나는 명상의 세계에서 내 마음을 차분하게 하려 애썼다.

2011년의 마지막 스터디

　1차 시험을 80점이라는 점수로 가뿐히 합격한 후 2차 시험까지는 3개월이란 시간밖에 주어지지 않았다. 바로 학원의 3순환 강의를 끊고 매일 아침 일찍 나가 답안을 작성하는 연습과 2차 수업을 병행하기로 결심했다. 과연 내가 잘 해낼 수 있을까. 올해 안 되면 끝이다. 벼랑 끝에 서 있는 기분이 이런 기분일까. 똥줄이 타 글이 눈에 잘 들어오지 않았다. 그래서 판례를 외울 때는 늘 세 번을 읽기로 했다. 처음에는 대충 쭉 읽어보고, 두 번째는 왜 그런지 생각하며 읽고, 세 번째는 내 지식으로 만든단 생각으로 논거와 결론을 형광펜으로 칠하며 공부하니 나름 정리되고 있는 느낌이었다.

　그런데 2차 경험이 많지 않은 나의 발목을 잡는 과목이 있었으니 그건 바로 형법, 형사소송법이었다. 이 과목 때문에 강사님들도 내가 올해 동차 합격이 힘들 수도 있겠다는 말을 하기도 했고, 나 스스로도 걱정이 많았다. 하지만 '에라이, 죽기 아니면 까무러치기지 뭐' 하는 생각으로 형법은 과락(100점 만점 중 2과목인 형법과 형사소송법을 합쳐서 40점 이하로 점수를 맞으면 총 과목 평균이 합격 커트라인을 넘어도 자동적으로 불합격 처리되는 잔인한 제도)만은 면하자는 생각으로 덤벼들었다.

서점에 갔다. 난 전문가보다 더 전문가인 서점 주인아줌마의 조언을 참고하여 형법 판례집과 형법 각론집을 골랐다. 중요 판례와 신 판례, 각론 위주로 공부했다. 형사소송법은 양을 최대한 줄이고, 강의 시간에 끝내버리자는 생각으로 집중하며 공부했다.

민사소송법은 어느 교수님으로부터 사례집을 보면서 결론부터 뽑고 결론을 내린 이유를 곰곰이 생각해 보라는 조언을 들었던 터라 지푸라기라도 잡는 심정으로 논점을 잡아갔다. 연습에 연습, 반복에 반복. 그러다 보니 이렇게 사례를 푸는구나 하는 감이 조금씩 왔다. 민사소송법은 절차가 중요한 만큼 순서와 논리를 중요시하며 최대한 입체적으로 공부해야 하는데, 첫 재시 때 내가 떨어진 이유를 알 것 같았다.

민사소송법은 절차법인지라 요건을 암기하는 게 관건이다. 난 단어장을 만들어서 의의와 요건과 효과를 밥 먹을 때도 보고 화장실 가서도 보면서 최대한 많이 외웠다. 또한 독서실 옆자리 언니가 추천해 준, 판례가 녹음된 MP3를 휴대폰에 다운받아서 들었다. 길을 걸을 때, 학원을 갈 때, 산책을 갈 때 항상 이어폰을 꽂고 판례를 들었다. 집중해서 듣지 않을 때도 있었지만, 불안한 마음을 위안할 수만 있다면야.

드디어 내가 가장 애쓰고 공을 들인 민법 과목 3순환 강의가 시작됐다. 강의를 들으면서 기본서로 쓰던 교재를 바꾸고, 교수님이 추천해 주신 최신 판례와 사법연수원 자료, 민사재판 실무 등을 같이 봤다. 처음 연수원 문제를 접할 땐 어렵고 힘들었지만 포기하지 않았다.

'끝까지 버티는 자가 웃는다!' 나의 독서실 책상에 붙여져 있는 문구를 생각했다. 그래, 나는 이 말을 믿는다. 끝까지 버티면 웃을 수 있을 거야. 하지만 중간에 떨어져나가면 그야말로 '개폐인'이 되고 말겠지. 난 연수원 자료에 있는 사례를 보면서 좀 더 실전에 대한 감을 익히며 시험 적응력을 키워 나갔다.

민법 강의가 끝나고 곧바로 등기법 강의가 개설되었다. 등기법은 1차 때 죽어라 했던 과목이라서 목차만 뽑아내면 내용이 줄줄 나올 정도로 암기가 잘 되어 있었다. 그래서 목차 위주로 외우기로 결심했다. 민사서류와 등기신청서류 과목은 아는 사람이 하고 있는 주말 스터디에 꼽사리를 끼게 되었다. 마지막 1개월 전에는 하루는 등기서류, 하루는 민사서류, 이런 식으로 40분씩 쓰기로 맘먹고 이를 지키려 최대한 노력했다. 아침부터 수업을 듣고 하루 종일 공부하면 금방 밤 11시 30분이 된다. 이쯤 되면 혈당이 떨어져 머리가 어지럽고, 다리는 퉁퉁 부어 코끼리 다리가 되어 있고, 판단력과 정신력이 흐려지게 된다. 그래도 버티자, 버티자, 버티는 자가 웃는다 하며 매일 30분씩 서류 작성에 애를 썼다. 덕분에 시험장에서는 첨부서면 근거조문을 최대한 성의 있게 쓰고 나올 수 있었다.

또 시험 3주 전부터 학원의 아는 사람 한 분과 사법고시를 오래 공부하신 고수(?) 한 분을 모셔 스크린 스터디를 만들었다. 스크린 스터디는 형법 2일, 형사소송법 2일, 민사소송법 3일, 민법 4일 정도로 잡고 아침에 각자 공부를 한 후 밤에 두 시간씩 공부한 것을 정리 및 발표하는 형식으로 진도를 나갔다. 뜨거운 여름이 지나가고 어느덧 제법 쌀쌀한 바람이 부는 9월이 다가왔다. 시험은 어느새 3주 앞으로 닥쳐왔다. 우리 스터디원들은 3주 동안 민법, 민사소송법, 형법, 형사소송법 이렇게 네 과목 요약집과 시험에 나올 만한 것들을 위주로 4회독을 목표로 잡고 달렸다.

드디어 대망의 2차 시험을 치렀다. 다른 과목은 그런대로 무난한 편이었는데, 둘째 날 본 민사소송·서류과목이 문항이 많아 시간이 모자랐다. 결론과 이유 위주로 최대한 간결하고 깔끔하게 써서 내가 말하고자 하는 바를 강하게 전달하는 방법밖에 없었다.

또 판례를 쓸 때는 최대한 정확히 쓰려고 노력했다. 형법은 어느 정도 총론 관련 쟁점이 나왔지만 이론보다는 관련 판례를 많이 썼다. 형사소송법은 이번 시험 같은 경우 조문을 최대한 많이 써주고 그에 따른 논리 순서와 결론을 정확히 써주려고 노력했다. 시험장을 나오는데 다들 문제가 너무 어려워서 죽을 썼다고 난리였다. 나 역시 자신감 있게 '저 합격할 만큼 잘 봤어요'라는 말이 나오지 않았다. 아니, 오히려 짧은 시간 안에 많은 문항을 푸느라 시간에 쫓기고, 문제가 숨겨 놓은 함정을 미처 발견하지 못했다. 그런데도 정말 신기한 건, 시험장을 나오는 내 발걸음은 불합격했던 지난 2차 시험 때보다 한결 가벼워진 느낌이었다는 거다. 정말 최선을 다했기에 이번에 떨어져도 후회하지 않겠구나 싶어 마음이 편안해졌고, 적어도 이 문제가 뭘 묻는지는 알고 썼으므로 속이 후련한 느낌이 들었다. 정말 묵은 체증이 확 뚫린 느낌이랄까. 시험장을 나오는 느낌이 이전과는 확연히 달랐다.

PART 7
합격,
끝이 아닌
시작

결과를 기다리는 시간

2011년 9월 둘째 주, 이틀간의 똥줄 타는 시험이 끝나고 가벼운 마음으로 고시촌에서 방을 빼 인천으로 돌아갔다. 엄마는 이틀간 전력투구를 해 누렇게 뜬 내 얼굴을 보고는 "아이구, 우리 딸 불쌍해서 어떡하니" 하며 안타까워하셨지만, 난 행복했다. 어쩐지 예감이 좋았다. 집에 와서 학원 홈페이지 게시판에 강사들이 올려놓은 모범 답안을 보았다. 답안지에 쓴 목차와 내용을 되새겨 모범 답안과 내 답안이 얼마나 다른지 살피며 내 나름의 방식대로 채점을 하기 시작했다. 주관식 시험이라 강사님들의 모범 답안이 백 퍼센트 정답이라고 볼 순 없지만, 그래도 강사님들이 책을 다 찾아보고 꽤 많은 공을 들여 작성한 답안이었다. 내 답안지와 얼마나 다른지 비교해 보고 대략적인 내 점수를 예측하는 게 두 달 뒤 합격자 발표가 날 때까지의 불안한 마음을 해소하는 유일한 방법이었다. 강사님이 쓰신 답안과 내가 쓴 답안을 비교해 보니 70퍼센트 정도가 맞아떨어졌다.

오! 순간 내 맘속에는 합격에 대한 작은 기대감으로 '이 정도면 합격할 수 있지 않을까'라는 설렘이 커지고, 그와 동시에 '이렇게 기대했는데 떨어지면 어떡하지' 하는 걱정도 자라났다. 그렇게 정신적인 스트레스에 시험을 친 후 2주 동안은 거의 잠을 자지 못하고 밥도 제대로 먹지 못했다.

눈 밑 다크서클은 턱까지 내려오며 희망 고문을 당할 무렵, 나도 모르게 스르르 잠이 들었을 때였다. 꿈속에서 합격자 발표날이 다가왔다. 왜 하필 이런 꿈을 꾼단 말인가.

사실 난 몇 번의 예지몽을 꾼 적이 있는데, 그때마다 기가 차게 잘 맞아떨어졌다. 내가 2009년 처음 2차 시험에 떨어졌을 때, 2010년 해거리를 했을 때도 난 꿈을 꾸었었다. 1차 합격자 발표가 나기 며칠 전, 우연히 낮잠이 들었는데 명단에 내 이름이 없는 꿈을 꾸게 되었고, 며칠 뒤 정말로 현실에서 1차 시험에 떨어지는 쓰디쓴 맛을 보게 되었던 것이다. 그런데 그때와 같은 상황의 꿈을 또 꾸게 되다니, 이런!

그런데 이번엔 달랐다. 이번 꿈에서는 합격자 명단에 내 이름 세 글자가 선명하게 보이는 게 아닌가! 와우! 이렇게 떡하니 붙는 꿈을 꾼 적은 처음이었다. 나는 잠에서 벌떡 깨어나 소리를 질렀다. 온몸에 소름이 끼쳤다. '신이시여, 드디어 제게도 행운의 예지몽을 주신 것입니까!' 딱 3개월 공부하고 2차를 친 거라 사실 큰 기대를 하지 못했는데, 어쩌면 합격할 수도 있겠구나 하는 생각이 들어 심장이 터질 정도로 가슴이 벅차올랐다. 이번에도 내 예지몽이 제발 맞아주기를!

9월, 합격자 발표일까진 두 달이란 짧고도 긴 시간이 남아 있었다. 발표일은 11월 21일. 내가 할 수 있는 일은 남은 시간 동안 펑펑 놀거나 또는 불합격에 대비하여 2차 공부를 예습해 놓거나 둘 중 하나였다. 이번에 떨어지면 앞으로 일 년 더 고생할 것을 생각하니 갑갑했다. 일주일만 쉬고 다시 2차 공부를 하려는데, 도저히 책이 눈에 들어오지 않았다. 책을 볼 때마다 시험 문제가 생각나고, 자꾸 내가 쓴 답안에 연연하고, 틀린 부분이 자꾸 떠올라 미련과 후회와 아쉬움 때문에 예습을 하지 못할 지경이었다. 차라리 콱 떨어져버린 결과가 나온 상황이라면, 체념하고 공부라도 잘 될 텐데.

벌써 내 나이 스물세 살이다. 친구들은 대학에 다니며 방학마다 아르바이트라도 해서 부모님의 부담을 덜어 드린다는데, 난 3년 넘게 집에서 용돈을 타 쓰고 있었다. 작년부터인가. 해거리를 한 후 공부를 하다 음료수를 사 마시거나 독서실비를 내거나 밥을 사 먹거나 해서 각종 돈이 나갈 때마다 부모님께 죄송스런 마음이 들고, 밥값 한 푼 못 버는 내 자신이 한심스럽게 느껴졌다. 그래서 합격자 발표가 날 때까지만이라도 작은 아르바이트를 하기로 결심하고, 동네에 알바 자리를 알아봤다.

가장 먼저 간 곳이 커피숍이었는데, 수습기간인 처음 3개월간은 시급 4,300원이라고 했다. 커피숍 알바가 뭐 별거겠어! 그저 설거지 잘하고 청소만 잘하면 되지! 가벼운 마음으로 일을 시작했건만, 오 노! 이제 갓 들어온 아무것도 모르는 생초짜 무경력자인 나에게 커피를 직접 만들라는 것이 아닌가! 아니, 4천 원대의 가격을 받는 비싼 체인점이 어떻게 완전 무경력자인 신입 알바생한테 커피 기계를 다루라는 것일까? 아무리 동네에 위치한 커피숍이라지만, 이곳은 엄연히 전국적으로 유명한 이름을 가진 프랜차이즈 커피숍인데. 그들은 내가 무경력자이고 커피에 대해 전혀 모른다는 것을 알면서도 나를 고용해 아메리카노부터 각종 어려운 레시피를 단 일주일 만에 외우라고 했다. 그래, 그건 뭐 그렇다 치자. 근데 어렵고 복잡한 기계를 하루 만에 다 익히고 다루라니. 그것도 40여 가지나 되는 메뉴를 전문 기관에서 교육시키는 것도 아니고 나와 비슷한 알바생이 대충대충 가르쳐주다니. 그 다음부턴 나 혼자서 알아서 하라고 하면서 말이다.

이전에 커피숍에서 알바를 하는 다른 친구들한테 들었을 때는 이름 있는 프랜차이즈들은 6개월 정도 연수를 받은 정직원 또는 커피 만드는 자격증 일명 '바리스타' 자격증을 가진 사람들이 커피를 만드는 걸로 알고 있었는데. 한 잔에 4천 원씩이나 받는 커피를 나같이 생초짜인 알바생한테 만들게 한다는 게 이해가 되질 않았다. 우리가 집에서 인스턴트 커피를 끓여 마시지 않고 밖에 나와 굳이 돈을 내고 비싼 커피를 마시는 이유는 물론 자리 값과 인테리어 분위기 등이 큰 영향을 미치겠지만, 좀 더 전문가의 손길이 닿은 고품질의 커피를 마시고 싶어서 아닌가? 적어도 4천 원이란 커피 값을 받았으면 그만큼의 품질과 서비스를 제공해 줘야 하는 게 당연한 건데, 나처럼 수습 교육을 제대로 받지 못한 사람에게 커피를 만들라니! 손님들이 이 사실을 알면 비싼 돈을 내고 커피를 마시고 싶을지 의문이 들었다. 그런데 더 웃겼던 건 사장님과 알바생이 나보고 일을 못한다고 도리어 텃세를 부리고 혼을 내는 것이었다. 그래, 내가 공부만 해서 알바감을 잃은 지 오래여서 빠릿빠릿하지 못한 건 인정한다. 하지만 일주일도 채 안 된 알바생한테 너무 많은 걸 요구하는 게 아닌가. 난 결국 일주일이 채 되지 않아서 그 커피숍에서 잘렸다.

　　며칠 뒤 근처 모델하우스에서 다른 아르바이트를 하게 되었다. 이번 일을 통해 내가 깨달은 건 하나, '공부가 제일 쉬웠어요'란 말이 이래서 생겼구나. 차라리 혼자 공부할 때가 누구 눈치를 볼 필요도 없고, 복잡한 커피 기계 다루는 법과 청소하는 법을 외우고 익히지 않아도 되니 훨씬 편했다. 단지 시험에 붙을지 안 붙을지 엄청난 스트레스를 받아서 그렇지. 역시 나는 머리부터 발끝까지 공부가 천성인가 보았다. 이번에 2차 시험에서 떨어지면 정말 더욱더 열심히 공부를 해야겠다고 다짐했다.

지겨운가요 힘든가요
숨이 턱까지 찼나요
할 수 없죠 어차피
시작해 버린 것을

쏟아지는 햇살 속에
입이 바싹 말라 와도
할 수 없죠 창피하게
멈춰 설 순 없으니

이유도 없이 가끔은
눈물 나게 억울하겠죠
일등 아닌 보통들에겐
박수조차 남의 일인걸

단 한 가지 약속은
틀림없이 끝이 있다는 것
끝난 뒤엔 지겨울 만큼
오랫동안 쉴 수 있다는 것

— 윤상, 〈달리기〉 중에서

헐! 합격이란다!

이런저런 아르바이트를 하며 80만 원 정도의 돈을 벌게 되었고, 어느새 합격자 발표날이 코앞으로 다가왔다. 일주일 뒤에 내 생사가 결정된다. 아르바이트를 해서 번 이 80만 원의 운명은 어떻게 될 것인가. 독서실비로 쓰일 것인가, 아니면 환희와 기쁨으로 가득 찬 축배를 들 비용으로 쓰일 것인가? 오, 제발. 신이시여, 저를 붙여 주시옵소서!

그러던 중 갑자기 작은고모부의 부고 소식을 듣게 되었다. 심장이 쿵 하고 떨어졌다. 두 달 전, 우리 아빠보다 나이도 적으시고 그렇게도 건강하던 작은고모부께서 갑자기 위암 말기라는 판정을 받았을 때도 충격이 있었는데. 그 판정을 받으신 후 채 두 달도 되지 않아 이렇게 돌아가시다니. 온갖 고생 다 하며 힘들게 사셨지만, 그 어려운 환경에서도 늘 밝게 웃으시던 고모부가 한순간에 돌아가시다니 믿기지 않았다.

아버지를 잃은 사촌 동생과 사촌 오빠의 마음은 얼마나 아플까. 우리 가족은 고모부의 부고 소식을 듣고 바로 시골로 내려가 사흘 밤을 새며 장례식장을 지켰다. 고모부의 부고 소식이 너무 충격적이라 합격자 발표가 4일도 채 남지 않았다는 사실을 까맣게 잊고 있다가 법원에 근무하는 삼촌께서 장례식장에 오신 모습을 보고서야 발표가 생각났다. '아, 그러고 보니 합격자 발표가 며칠 안 남았네.' 나는 순간 초조해지고 삼촌에게 당장 나의 시험 결과를 말해달라고 조르고 싶었다. 사실상 이미 채점은 끝난 지 오래고, 커트라인과 합격자 명단은 나온 상태일 거다. 대법원 시험정보과에서 일하시는 삼촌은 조카인 나의 합격 여부를 이미 알고 있을 것 같았다. 혹시라도 내가 합격했으면 오늘 무언가 신호를 보내주지 않을까 싶어 내심 기대가 커졌다. 하지만 삼촌은 나를 보자마자 "시험 잘 봤니? 몇 점 정도 나올 것 같니?"라며 되레 내게 묻는 것이었다. 나는 흥분한 목소리로 대뜸 삼촌에게 "삼촌, 왜 그래요! 삼촌은 이미 알고 있잖아요, 내가 떨어졌는지 붙었는지!" 그러자 삼촌은 "아니야, 진짜 몰라. 네가 합격했는지 아직 확인 안 해봤어. 나도 커트라인이 얼만지, 네 점수가 몇 점인지 정말 몰라. 이제 며칠 안 남았으니 그냥 기다리렴" 하실 뿐이었다. 그런 삼촌의 표정과 말투는 내게 불합격이라는 짐작을 안겨주었다. 앞으로 일 년을 더 고시촌에서 썩어야(?) 된다는 불길한 예감에 식은땀이 줄줄 나고, 떨어지면 엄마 아빠, 친구들 얼굴을 어떻게 봐야 되나 별의별 생각이 다 들었다.

3일간의 상을 치르고 집에 돌아오는 길, 합격자 발표를 하루 앞둔 날. 떨어진 게 뻔한데 기대 따윈 접어두자. 그래, 불합격이 나오면 그냥 받아들이고 다시금 묵묵히 '닥공(닥치고 공부)하자!' 생각했다. 그렇게 생각하면서도 긴장되고 떨리는 마음에 잠을 이루지 못했다. 컴퓨터를 켠 나는 법무사 수험생들이 모이는 홈페이지 채팅방에 들어가 수험생들과 밤새 얘기를 나누었다. 서로 긴장하는 맘을 달래고, 커트라인이 몇 점일까 하면서 초조한 맘으로 채팅했다. 합격자 발표 명단이 뜨는 대법원 시험정보 홈페이지 사이트를 밤새 새로고침을 눌러 확인하다 보니 어느덧 아침이 밝아왔다. 그리고 대망의 합격자 발표날. 발표는 오후 6시쯤 난다고 했다. 늘 식욕이 좋던 나였지만, 전날부터 입맛이 없었다. 밥을 먹으면 왠지 체할 것만 같았다. 이러다가 정말 초폐인이 되는 건 아닐까. 오후 6시까지는 아직 여덟 시간이나 남았는데 벌써부터 이러면 어쩌자는 거야.

난 밖에 나가서 잠시 바람이라도 쐬고 오자 싶어 헬스장에서 미친 듯이 러닝머신을 뛰었다. 법무사 수험생, 일명 고시생이라는 감옥에서 벌써 4년 내내 징역을 당하고 있는 나. 사형 선고를 받고 집행을 기다리는 사형수의 마음이 이런 것일까. 오늘 내게 사형 또는 석방이 내려지겠지. 어떤 결과가 나오든 그대로 받아들여야만 되는 현실이다. 아, 차라리 이 모든 게 꿈이었으면 좋겠다. 아니, 지난번에 꾼 예지몽, 합격자 명단에 내 이름 세 글자가 또렷이 보였던 그 꿈 같은 일이 현실에서 똑같이 일어났으면 좋겠다. 제발 내 이름 세 글자가 120여 명의 이름이 적힌 합격자 명단에 선명히 보이길. 난 간절한 마음으로 뛰고 또 뛰었다.

운동을 마치고 돌아오니 벌써 오후 3시. 초조하게 컴퓨터 모니터만 바라보며 합격자 발표를 기다리고 있었다. 떨어질 것만 같은 불길한 예감에 집에 같이 있던 오빠가 말을 걸 때마다 퉁명스럽게 대답했다. 그런데 발표가 몇 시간 안 남은 이 시점에 오빠가 자꾸만 “너 합격하지 않았을까? 난 왠지 너 합격할 것 같은데"라면서 장난스런 말투로 자꾸만 나를 떠보는 것이었다. 예민하고 까칠한 상태인 나는 버럭 화를 냈다. "누구 약 올려? 이 시험이 얼마나 어려운지 오빠가 알기나 해? 지금 채팅방에 2차만 네 번 넘게 본 사람이 50명 넘게 합격자 발표를 기다리고 있다구. 아무리 오빠가 내가 하는 공부 안 해봤다지만, 그렇게 쉽게 말할 게 아니지!"

화가 났다. 오빠는 내 속도 모르는 것 같았다. 아무것도 모르고 함부로 나의 생사가 걸린 일을 말하는 것 자체가 기분이 나빴다. 게다가 저렇게 붙을 것 같다고 기대했는데 막상 떨어지면 더욱더 기분이 안 좋을 것 같았다. 그때 갑자기 내 휴대폰에 02로 시작되는 모르는 번호가 떴다. 혹시라도 발표나기 전에 재수 없는 일은 겪고 싶지 않아 안 받으려고 했지만 이상하게 받아야 될 것 같은 느낌이었다.

"여보세요." "아 예, 정보경 씨죠? 여기 대법원인데요, 올해 최연소로 시험에 합격하셨어요. 확인차 전화 드리는 겁니다. 참, 법률저널이라는 법률 신문사에서 인터뷰 요청이 들어왔는데 인터뷰하실 거죠?" 맙소사. 합격이란다! 드디어 시험에 붙었다는 것이다. 믿기지가 않았다. 나는 고래고래 소리를 질렀다. 꺄악! 집 안에 나의 목소리가 쩌렁쩌렁 울려 퍼졌다. 난 이게 또 꿈이 아닌가 싶어 볼을 꼬집어 보고, 머리카락을 한 움큼 뽑아보기도 했다. 기쁨과 환희가 벅차올라 흥분되는 감정을 주체하지 못해 미친 듯이 혼자 집안을 뛰어다녔다. 오빠가 나를 껴안으며 "거봐! 너 합격할 거라 했잖아!" 소리를 질렀다.

오빠를 껴안는 순간, 눈시울이 붉어졌다. 결국 난 주저앉아 소리 내어 엉엉 울었다. 4년 동안 온갖 고생을 한 기억과 서러움이 한꺼번에 툭 터졌다. 남들 놀 때 못 놀고, 친구들 대학 갈 때 못 가고, 고시촌에 처박혀 외로이 홀로 공부했던 시절이 스쳐갔다. 그때 그 시절을 생각하니 지금 이 순간이 너무나도 소중하고 감사했다. 그 힘들었던 기억을 떠올리며 앞으로 겸손하게 살아야겠다고 다짐하고 또 다짐했다. 혼자 한 시간 동안을 울고불고 웃으며 합격의 기쁨을 만끽하던 중 정신을 차리니 부모님과 할머니, 친척들의 얼굴이 떠올랐다. "아, 맞다! 엄마 아빠한테 이 기쁜 소식을 전해 드려야지!"

엄마와 아빠는 내가 대법원에서 전화를 받았단 소리를 듣고, 목이 메어 제대로 말씀을 하지 못하셨다. 사실 합격자 발표가 나기 전부터 두 분은 나보다 더 긴장하고 노심초사하며 마음 졸이셨을 거다. 단지 티를 내지 않으셨을 뿐. 그런 부모님께 자식으로서 큰 선물을 안겨 드린 것 같아 마음이 뿌듯해졌다.

부모님께서는 우리 딸 4년 동안 너무 고생했다며, 고생한 보람이 이제야 빛을 발한다며, 앞으로도 더 잘되길 바란다며 무지무지 감격하셨다. 합격의 기쁨을 만끽한 후, 나는 외출 준비를 했다. 오늘같이 기쁜 날 집에만 있을 순 없다. 학원에 들러 강사님들과 실장님께 고맙다고 인사라도 전하고, 이제 막 2차 공부를 시작한 동료들한테 한턱 거하게 쏴야겠다.

이제 나는 더 이상 고시생이 아니다! 옷도 예쁘게 차려입고 화장도 하고 머리도 했다. 하늘을 바라봤다. 합격 후 처음으로 보는 하늘이다. '감옥'에서 석방되어 이제 갓 '죄수'라는 이름을 벗어던진 자유인이 처음으로 본 하늘은 맑고도 푸르렀다. 엄마 뱃속에서 태어나 처음 세상을 맛볼 때 응애응애 소리를 지르는 아기가 된 기분이었다. 이제 겨우 시작일 뿐이다!

기다려라, 세상아! 내가 간다!

　집을 나와 버스를 타고 학원으로 가는 길. 지금 이 순간, 창밖을 보며 신나게 자유를 만끽하는 나. 너무나도 벅차고 뿌듯했다. 어제까지만 해도 가슴 한편에 썩은 암덩이 같은 게 뭉쳐 있는 듯 몸이 무거웠는데 오늘은 이렇게 가볍고 날아갈 것만 같다니! 고시촌 생활을 돌이켜 보니 즐거웠던 추억도 많고, 합격에 대한 기대감과 설렘으로 나름 재밌기도 했었다. 하지만 합격에 대한 열망과 기대만큼 시험에 대한 부담감 때문에 늘 초조하고 불안한 마음이 가슴 한편에 자리잡고 있었다. 이제 더 이상 불안해 하지 않아도 된다. 이제 더 이상 혼자 끙끙 앓지 않아도 된다. 아, 행복하다. 세상은 아름답고, 아직 살 만하구나. 아아, 신은 아직 날 버리지 않으셨구나!

　귀가 입에 걸린 채 버스에서 내려 신림역으로 가는 지하철을 탔다. 휴대폰으로 대법원 시험정보 사이트에 들어가 합격자 명단을 확인했다. 제17회 법무사 2차 시험 합격자 명단. 최종합격자 121명, 합격 커트라인 점수는 53.31. 내 점수는 네 과목 평균 56.88점. 수험번호 100320 정보경. 내 이름 세 글자가 선명히 보였다. 이게 꿈인가 생시인가.

　그런데 신기하게도 내 옆자리에 앉은 분이 전화통화를 하고 계셨는데 "어! 나 합격했대. 지금 학원으로 가고 있어"라고 말씀하시는 것이었다. 엥? 혹시 설마…… 나와 같은 합격생? 법무사 시험에 합격하신 분? 나는 갑자기 근거 없는 용기가 샘솟아 "혹시 법무사 시험 합격하셨어요?"라고 처음 보는 분께 대뜸 말을 걸었다. 그러자 그분이 "아, 예. 지금 명단 확인하고 고시촌으로 가고 있어요. 동료들이 축하해 준대서요"라고 대답을 하시는 거였다. 오, 이럴 수가! 이렇게도 기막힌 우연이 있을까. 바로 옆자리에 앉은 사람이 17기 법무사 합격생이라니, 앞으로 연수원에서 연수를 같이 받을 동기생이라니! 우리는 악수를 하고 반가움과 기쁜 마음에 서로 축하해 주며 신림역까지 가는 동안 이야기꽃을 피웠다.

학원에 도착해 실장님과 강사님들께 비타민 음료를 돌렸다. 실장님과 강사님께서는 정말 기특하고 대견하다면서, 우리 학원에서 최연소 합격자가 나와 너무너무 자랑스럽다면서 축하해 주셨다. 나는 "오히려 강사님들이 잘 가르쳐주시고, 실장님이 제가 힘들 때 좋은 말씀과 좋은 조언을 해주셔서 흐트러지지 않고 공부할 수 있었습니다. 이 은혜 평생 잊지 않고 두고두고 갚겠습니다"라고 정중히 감사의 마음을 표시했다. 마음 같아선 큰절이라도 올리고 싶은 심정이었다.

실장님과 학원 강사님께 감사의 인사를 전하고, 내가 다니던 독서실에서 이제 막 2차 공부를 시작하는 학원생들을 만났다. 술이라도 대접하고 싶었지만 그분들은 공부를 해야 되므로 근처 커피숍으로 가서 맛있는 커피와 치즈케이크 등을 대접했다. 이제 막 2차 공부를 시작하시는 분들이라 이런저런 질문을 많이 했고, 나는 내가 겪은 솔직한 경험담을 들려 주었다. 내 공부 방법과 반성할 점, 부족한 점을 어떤 식으로 보완했는지 잘 설명해 드렸다. 그분들은 내가 작년에 해거리를 했지만 올해 기적적으로 1차와 2차를 단번에 합격하는 저력을 보고 자신들도 희망을 가지게 되었다고 했다. 농담이지만 웃으면서 "우리의 우상"이라고까지 칭찬을 해주셔서 기분이 좋았다. 작년 1차 해거리를 했을 때, 남들의 시선 때문에 주눅이 들고 내 자신이 하찮게 느껴졌지만 포기하지 않았다. 그때 만약 나 스스로도 나를 믿지 못해 도중에 시험을 포기했더라면 지금 이러한 기쁨과 감동의 결실은 없었을 것이다. 갑자기 내 독서실 책상에 붙어 있는 포스트잇 문구가 떠올랐다. "끝까지 버티는 자가 웃는다"가 현실이 되었구나 싶어 배시시 웃음이 나왔다.

출발을 알리는 경쾌한 총성
정적을 삼키고 열광하는 함성
떨리는 호흡은 이 전부를 집어삼킬
강렬한 욕망

Ready and get set go!
오랫동안 기다려온 이 순간
지금 여기서 숨이 멎어도 후회 따위는 없어
불타는 태양
I'm a new black star

_페퍼톤스, 〈Ready, Get Set, Go!〉 중에서

텔레비전에 내가 나오다니!

11월 말, 2차 합격자 발표가 나고 벌써 두 달이 지났다. 두 달 동안 합격의 기쁨을 만끽하며 먹고 싶은 것도 먹고, 지난번에 벌어둔 알바비 80만 원으로 사고 싶었던 옷도 샀다.

법률저널 기사가 나가니 조선일보에서도 나를 취재하고 싶다고 연락해 와서 꽤 크게 내 사진과 기사가 나갔다. 기사가 나가고 나니 고맙게도 주변에서 여러 사람이 축하한다면서 연락도 해오고, 사촌들 사이에서도 나름 유명인사가 되었다.

사실 처음 조선일보에서 취재 제의를 받았을 땐 많이 고민되었다. 내가 고시 공부를 할 때 나이도 어리고 여자라서 학원생이나 나를 아는 수험생들의 입에서 심심치 않게 회자됐던 게 신경이 쓰였기 때문이다. 그때의 안 좋은 기억은 내게 트라우마로 남아 있었다. 그들은 내가 어리고 만만해 내 얘기를 쉽게 안줏거리로 삼았을지 몰라도, 그 당사자인 내게는 괴롭기만 한 일이었다. 그때 이후로 어떤 집단 내에서든 이름이 알려지고 얼굴이 알려져 봤자 그다지 좋을 게 없다는 사실을 깨달았다. 좋은 일이든 나쁜 일이든 일단 이름이 알려지고 유명해지면, 그만큼 행동도 조심해야 되고 말도 조심해야 되는 것이다.

그런데 한편으론 다른 생각이 들었다. 신문, 뉴스, 주변 친구들만 봐도 연일 너도나도 힘들다고 말한다. 오죽하면 고용 불안에 시달리는 2007년 전후 한국의 이십대를 지칭하는 말이 '88만 원 세대'이겠는가. 비정규직 평균 급여 119만 원에 이십대 평균 급여에 해당하는 73퍼센트를 곱한 금액이 88만 원이란다. 하지만 그들이 대학을 못 가거나 능력이 없고 실력이 뒤처져서 그런 게 아니다. 우리 세대는 어렸을 적부터 끊임없이 주변 사람들의 입에 오르며 비교대상이 되고 늘 서로 경쟁하며 살아왔다. 이런 시대를 사는 우리 88만 원 세대에게 나름 꿈과 희망을 주고 싶었다. 나를 어필하고 홍보하려고 언론에 나가려는 의도보다는 나 같은 사람도 꾸준히 노력하면 이렇게 작은 결실이라도 이룰 수 있다는 것을 산증인(?)으로 보여주고 싶은 마음이 컸다.

기사가 나간 후, 여기저기 언론과 신문사에서 인터뷰를 요청하는 연락이 많이 왔다. 하지만 인천일보, 피플코리아 등 각종 인물을 다루는 매체에 나란 존재가 밝혀지고 나의 인터뷰가 실린 후 나를 곱지 않은 시선으로 보는 이들도 있었다.

아이돌 가수를 꿈꿨다는 내용과 함께 기사에 실린 내 사진을 보고는 저 얼굴에 무슨 아이돌 가수가 되려 했냐는 등등의 인터넷 악플들도 있었다. 주변 사람들 중에서는 "별일도 아닌데 왜 그렇게 방송에 많이 나가냐.

뭐 대단한 자랑거리냐", "이름 알려져 봤자 좋을 게 뭐 있냐. 그냥 조용히 사는 게 좋다"며 나를 걱정하는 듯 말하며 핀잔을 주는 사람도 있었다.

그러나 그들이 나에 대해서 얼마나 알고 있을까. 그들은 나를 나약하고 한없이 어린 존재로 보고, 나에 대해 잘 모르면서 단지 보이는 것만 가지고 내 삶을 이래라 저래라 하는 것이다. 나도 이제 스물세 살이다. 내 앞가림 정도는 할 수 있는 나이이고, 내 선택에 책임질 나이이고, 그들이 걱정하는 걸 못 이겨낼 만큼 나약한 존재가 아니다.

신문 기사가 나간 후, KBS 1라디오 〈성공예감 김방희입니다〉의 '성공시대'라는 코너에 전화 인터뷰를 하게 되었다. 고등학교 때 〈별이 빛나는 밤에〉에 나가 노래를 부른 기억이 떠올랐다. 그래도 그때 라디오에 나간 경험이 있어서 조금은 덜 긴장된 마음으로 인터뷰에 응하게 되었다.

나는 법대에 낙방한 후 하고 싶은 법 공부를 하지 못할 바엔 대학생활도 무의미하다고 생각했고, 그래서 법 공부를 시작하게 됐노라고 설명했다. 학교에 플래카드는 걸렸냐는 등 이런저런 재밌는 질문과 답이 오갔고, 인터뷰 마지막 즈음 김방희 진행자가 내게 물었다. "명랑 발랄한 보경 씨에게 '성공'이란 무엇입니까?"

나는 대답했다. "제가 큰 성공을 이루었다고는 생각하지 않습니다. 중요한 것은 얼마만큼을 가졌느냐가 아니라 얼마만큼 피땀 흘려 노력했느냐인 것 같습니다. 제가 잘나서가 아니라 저 같은 사람도 이렇게 노력하면 작은 결실이라도 이루잖아요." 이 말은 지금 생각해도 정말 멋진 말인 것 같다. 후훗.

그 후 나는 1월 말에 3차 면접을 본 후 2월 13일 시작된 이론 연수를 받는 동안 또 〈퀴즈 대한민국〉이라는 프로그램에 섭외가 되었다. 꾸준히 방송 출연 섭외가 들어오니 신기하기도 하고, 하느님께서 예전에 내가 못 다 이룬 꿈을 안타깝게 여겨 지금 기회를 주시는구나 하는 생각도 들었다. 녹화 일자는 2월 23일 목요일, 사전에 작가님한테서 받은 인터뷰지의 내용을 읽고 또 읽고, 대답하는 연습을 하고, 퀴즈 프로그램 기출문제를 뽑아 며칠 동안 공부도 했다. 그래도 공중파 TV 방송 출연이라고 전날부터 잠이 오지 않았다. 혹시라도 나가서 망신이라도 당하거나 법무사의 이미지를 손상시키지 않을까 조마조마한 마음도 들었다.

드디어 대망의 녹화날. 우리 가족들 사이에서 나의 매니저라 불리는 오빠와 함께 새벽부터 청담동에 있는 메이크업 헤어샵에 가서 10만 원이라는 거액을 주고 메이크업과 머리 손질을 받고, 아침 10시까지 KBS 본관으로 출발했다. 〈퀴즈 대한민국〉은 6명의 출연자들이 서바이벌 형식으로 퀴즈를 풀어 최종 3인을 뽑고, 마지막에 남은 1인이 최후의 퀴즈왕에 도전하는 형식이었다. 이번에는 '신입생'이라는 공통 타이틀을 가진 사람들이 출연하는 '신입생 특집'으로, 각자의 장기도 보여주고 인터뷰도 하는 식이라고 피디님께서 설명해 주셨다. 나는 신입 법무사라는 타이틀로 출연하게 됐는데, 장기로 준비해 온 이은미의 '애인 있어요' 후렴구 부분을 부르기로 했다. 나를 제외한 다른 출연자들을 살펴보니 한때 아역 배우였다가 지금은 신인가수로 데뷔한 BoM이라는 그룹의 맹세창 군과, 마술사였다가 삼성 신입사원으로 새 출발을 하시는 남자분, 시골에서 이장으로서 새 출발을 하시는 이장님, 웃음치료사 아줌마, 신입 방송인 여자분, 이렇게 다들 새로운 시작을 앞둔 사람들이었다.

그런데 BoM의 맹세창 군과 신입 방송인 여자분은 10시에 오지 않고 리허설 시작 시간인 12시쯤 온다고 했다. 게다가 단지 연예인이라는 이유만으로 일반인 출연자인 우리 네 명과 다른 대기실을 쓰게 해주는 것이었다. 나는 기가 막히기도 했고 어이가 없었다. 분명 피디님께서 "오늘은 여러분이 주인공이십니다"라는 말씀을 하셨는데, 우리는 아침 10시까지 오게 해서 특별히 하는 것도 없이 한참을 기다리게 해놓고는, 저 둘은 단지 연예인이라는 이유로 12시에 오게 해주는 게 이해가 되질 않았다. 또 피디님께서는 나름 내가 스타일리스트한테 조언을 얻어 대여해서 입고 온 옷이 좀 타이트하다는 이유로 위에 촌스럽고 맘에 들지 않는 빨간색 재킷을 입게 하는 것이었다. 맹세창 군과 그 여자 방송인한테는 그런 제지가 전혀 없었는데. 내가 아무리 연예인으로서 방송에 나가는 게 아니라지만, 적어도 다른 출연자와 차별은 하지 않아야 되는 게 아닌가 싶었다. 나는 기분이 안 좋았지만 내색하지 않았다. 피디님께 밉보여서 혹시라도 방송에 이상하게 편집이 되어 나가지 않을까 싶은 마음이 들었기 때문이다.

리허설이 끝나고 본방송 촬영 5분 전. 기분 나쁜 건 잠시 잊고 이왕 하는 것 열심히 프로처럼 해보자는 마음으로 크게 심호흡을 하고 촬영에 응했다. 맹세창 군이 소속된 그룹 BoM의 노래 공연으로 촬영이 시작됐고, 사회를 보시는 이재홍 아나운서께서 재치 있고 센스 있는 유머와 농담으로 우리의 긴장을 조금은 덜어주셨다. 퀴즈를 풀다 중간중간에 이재홍 아나운서는 나에게 어쩌다가 법무사 공부를 하게 됐냐, 경쟁률이 얼마냐, 예전에 아이돌 가수를 준비했다는데 장기도 보여 달라는 등 여러 개의 인터뷰를 요청했다. 나는 미리 준비해 온 주옥같은 답변과 비슷하게 하려고 했지만 머릿속에 하얘졌다. 처음이라 그런지 얼굴 근육이 정말 딱딱하게 굳는 느낌이었다. 답변을 하긴 했는데 뭐라고 답변했는지 전혀 기억나지 않았다.

1차전, 출연자 6명 모두가 OX퀴즈와 2지선다, 3지선다, 이렇게 총 27문제를 풀었다. 난 3등 안에 들지 못해 2라운드 최종 3명에 뽑히지는 못했다. 집으로 돌아오는 길, 응원석에서 응원해 주었던 가족들이 "처음 치고 꽤 선방했는걸" 하며 위로해 주었다. 앞으로 상식 공부 좀 열심히 해야겠다.

법무사 인생 출발

2012년 1월 17일 화요일. 제17회 법무사 3차 시험인 면접을 보는 날이었다. 2차 시험과는 달리 3차 시험은 상대평가가 아니라서 지금까지 면접시험에서 떨어진 사람은 아무도 없다고 했다. 시험은 5명이 한 조가 되어 10분 정도 면접을 보는 형식이었는데, 내가 조장이 되어 "차렷! 면접관님께 경례!"라고 인사를 주도했다. 면접관은 5명 정도 되었는데, 현직 판사, 법원 사무관이신 공무원, 법무사협회에서 오신 분들로 구성되었다. 그분들은 내게 어린 나이에 어떻게 법 공부를 했냐, 앞으로의 포부가 무엇이냐고 물어보셨다. 나는 "예, 저는 제 나이가 어린 만큼 다양한 분야에서 활동을 해 사람들에게 법무사에 대한 인식을 개선시켜주고, 법무사라는 직업의 위상을 높이고 싶습니다"라고 당당히 포부를 말했다.

그랬다. 앞으로 내가 하고 싶은 일은 단지 법무사로 돈을 많이 벌고 성공하는 것이 아니다. 합격자 축하연 때 우리를 축하하러 오신 법무사

협회 선배님들이 해주었던 "지금까지 법무사 업계는 소극적이고 수동적이기만 했다. 이제 우리가 더 이상 현실에 안주하지 않고 끊임없이 법무사를 알리고 똘똘 뭉쳐서 우리만의 전문성을 만들어나가야 된다"는 조언을 되새기며 기회가 된다면 이렇게 책도 쓰고, 방송에 나가 법무사라는 직업에 대해 많이 알려 법무사의 위상과 인식을 높이고 싶다. 내가 몸담고 있는 분야에서 최고가 되는 데 그치지 않고, 내 분야가 가지고 있는 장점과 전문성을 최대한 키워 다른 분야에까지 활동 영역을 넓히고 싶다.

내가 할머니가 되었을 때, 나의 손자 손녀들이 "와, 할머니 직업이 정말 존경스러워요. 할머니 멋있어요"라는 말을 해준다면 참 기쁠 것 같다. 할머니가 자신의 직업에 대해 얼마나 자부심을 가지고 있는지 이해해 주고 존경해 주면 뿌듯할 것이다.

그렇게 3차 시험까지 끝나고, 최종 합격자들을 위한 법무사 연수가 시작되었다. 연수 첫째 날, 법무사회관에서의 첫 강의가 끝나고 우리 121명은 남아서 17기 임원진을 선출하기로 했다. 오, 그런데 맙소사! 관계자 분께서 최연소 합격자가 총무를 맡는 게 관행이라면서 120명 앞에서 나를 추천하시는 게 아닌가. 나는 얼떨결에 사람들의 박수 갈채(?)를 받으며 총무가 되었다. 여태껏 그 어떠한 직책도 맡아본 적 없는 내가 17기 법무사 임원진, 그것도 돈 관리를 비롯하여 일을 가장 많이 한다는 총무를 맡게 되다니! 뿌듯한 마음도 들고 한편으로는 과연 이 막중한 임무(?)를 잘 해낼 수 있을까 겁이 나기도 했다. 최고령자인 법무사님이 회장을 맡으시고, 부회장을 맡으신 여자 최고령 법무사님과 나를 포함한 총 6명이 임원을 맡게 되었다. 우리 임원단은 똘똘 뭉쳐서 연수 2주차 금요일에 가평으로 갈 엠티 계획과 회비, 책자 만들기, 17기 법무사 친목 모임 등을 주도적으로 이끌었다. 그렇게 엠티 관련 계획과 친목 도모를 위한 음주가무(?)에 애를 쓰는 동안 아쉬운 시간이 지나가고, 연수 2주차인 2월 24일, 드디어 엠티를 가는 날! 같은 직업을 가지고 같은 공부를 해온 사람들, 그리고 앞으로 같은 길을 걸을 사람들과 함께 놀러 간다고 생각하니 너무너무 즐겁고 설렜다.

그동안 바쁘다는 핑계로 바람 한 번 제대로 쐴 기회가 없었는데, 산과 호수, 강, 맑은 공기가 있는 풍경을 보니 가슴이 뻥 뚫리는 기분이었다. 각자 숙소에 짐을 풀고 캠프장에 있는 운동장으로 나왔다. "지금부터! 1조부터 12조까지 각 조별 단체 줄넘기 대회가 있겠습니다! 1등 하신 조는 상금 10만 원! 2등은 상금 7만 원! 3등은 상금 3만 원의 부상이 있으니 열심히 참여해 주시기 바랍니다!" 성별, 나이, 학벌에 상관없이 우리 모두 17기 법무사라는 마음으로 하나되어 행복했던 시간이었다. 그렇게 단체 줄넘기가 끝나고, 퀴즈 놀이를 거쳐, 어느새 저녁 시간이 되었다.

우리 임원진들은 미리 사 온 삼겹살과 소주, 맥주, 떡을 동료 연수생들에게 나누어 드렸다. 회장님의 건배를 신호로 드디어 뒤풀이가 시작되었다. 사람들은 이렇게 자연 속에서 술을 마시면 아무리 마셔도 취하지 않는다면서 웃으며 술잔을 기울였다. 나도 술을 잘 마시는 편은 아니었지만, 흥분된 기분을 가라앉히고자(?) 맥주 몇 잔을 들이켰다. 숯불에 잘 익은 삼겹살과 함께 목을 타고 흐르는 칼칼하면서 시원한 맥주! 경치 좋고, 삼겹살 맛있고, 술도 잘 넘어가고…… 아, 이런 게 행복이구나 싶었다.

저녁을 먹고 대강당으로 옮겨 진행된 조별 노래자랑. 한때나마 아이돌 가수를 준비했던 나! 예전에 비해 실력은 많이 죽었지만, 오늘은 우리 17기 회원님들을 위해 이 한 몸 희생하리! 나는 특별히 어머님 아버님들이 좋아하는 장윤정의 '어머나'를 열창했다. 언니들한테 가서 재롱도 피우고, 같이 춤도 췄다. 몇 년 전에는 노래 소절 하나하나, 춤 동작 하나하나에 내 인생을 걸고, 오디션에 붙어야 된다는 엄청난 압박감과 긴장감이 가득한 마음으로 노래를 불렀는데……. 그때의 무거운 마음을 덜어내고 이렇게 맘 편히 흥에 겨워 사람들과 웃고 떠들며 노래 부르고 춤추는 것은 참으로 오랜만이었다.

장기 자랑이 끝나자 대화가 무르익어 갔고, 창밖에는 캄캄한 겨울 산만이 우릴 바라보고 있었다. 술김에 볼이 발갛게 달아올랐다. 나도 모르게 웃음이 나왔다. 불과 몇 년 전까지만 해도 가수를 하겠다고 라디오 오디션에 나가 노래를 부르던 내가, 전혀 길이 다른 법 공부를 해서 법무사가 되다니! 그리고 최연소 합격생이라는 타이틀과 한때 아이돌 가수 지망생이었다는 이유로 다시 방송에 나가게 되다니! 어쩜 이렇게 신기하고도 기이한 우연이 있을까? 아니, 어쩌면 이 모든 게 정해진 운명일지도 모르겠다.

인생은 한 치 앞도 내다볼 수 없어 불안하고 위태로울 때도 있다. 하지만! 그래서 더욱더 재밌고 스릴 있는 게 아닐까? 앞으로 얼마나 더 많은 일들이 나를 기다리고 있을까? 지금 이 순간, 아니 생의 매 순간 순간 끊임없이 갈망하고 열망하며 사는 내가 좋다. 다시 한 번 살아 있음에 감사한다.

여성 법무사회에서 봉사활동을 시작하다

　공부를 하면서 생긴 자기중심적인 성향을 고쳐 보고자 최근 '전국 여성 법무사회'라는 곳의 봉사위원회에 가입했다. 그리고 첫 봉사를 가는 5월 둘째 주 일요일.

　나랑 동기인 언니와 성가복지병원을 방문했다. 처음 가보는 곳이라 조금 헤매어 예정 시간인 오후 3시보다 10분 늦게 도착했다. 병원에 들어가니 선배 법무사님들이 먼저 와서 우리를 기다리고 계셨다. 우리를 반겨 주시는 수녀님의 따뜻한 미소에 늦은 게 더욱 죄송스러웠다. 앞으로는 약속시간에 늦지 않아야겠다고 다짐했다.

　선배 여성 법무사님들 세 분과 우리 17기 여자 동기 세 명, 이렇게 총 여섯 명의 법무사들이 똘똘 뭉쳐 봉사를 하기로 맘을 먹었다. 이곳 성가복지병원은 오갈 데 없는 편찮으신 분들을 전액 무료로 진료해 주는 병원이다. 법무사가 된 후 처음으로 하는 봉사활동이라 과연 잘할 수 있을까 하는 기대 반 걱정 반으로 활동을 시작했다.

제일 먼저 5층 호스피스 병동의 회의실과 입원실 병동을 청소하라는 특명을 받았다. 그런데 워낙 이곳에서 봉사를 하고 가시는 분들이 많아서 그런지 병원 곳곳이 정말 깔끔했다. 그래도 구석구석을 꼼꼼히 청소하기 시작했다.

그런 내게 입원실에 계신 한 할머니께서 다가오셨다. 할머니는 주머니에서 꼬깃꼬깃한 천 원짜리 몇 장을 주시면서 과자를 사다 줄 수 있겠냐고 했다. 나는 얼른 데스크의 간호사 언니에게 가서 환자인데 과자를 드셔도 되는지, 사다 드려도 되는지 물어보았다. 간호사 언니는 이곳 호스피스 병동은 주로 암 환자나 시한부 선고를 받은 환자들이 좀 더 편히 삶을 마감할 수 있게 도와주는 입원실이니만큼 드시고 싶어 하시는 것은 다 사다 드리는 게 좋다고 말했다. 나는 좀 충격이었다. 병실을 구석구석 돌아다니며 청소를 하면서도 입원해 계시는 환자들의 안색이 너무나도 편안하셔서 그분들이 죽음의 문턱 앞에 있을 거라곤 상상도 하지 못했기 때문이다.

나는 문득 입장을 바꿔 생각해 봤다. 나 역시 이분들처럼 죽음이 얼마 남지 않았다면 어떨까? 나는 어떤 표정을 지을까? 이분들처럼 온화한 얼굴로 미소 지을 수 있을까?

지난날들이 필름처럼 머릿속을 스쳐 지나갔다. 얼마 안 되는 돈을 벌어보겠다고 진영이와 죽자 살자 전단지를 돌리고, 길에서 떡을 팔았다. 중학생 땐 팬클럽 활동에 미쳐서 이곳저곳으로 그룹 신화를 쫓아다니며 응원했다. 고등학생 땐 가수가 되어보겠다고 여기저기 오디션을 보러 다녔다. 그러다 지난 4년 동안은 고시촌에서 공부만 하며 법무사가 되기 위해 애썼다. 나는 하고 싶은 일도 많고 해야 할 일도 많은데! 아직 내 꿈을 다 이루지 못했는데! 지금 이대로 죽음을 맞이하는 건 안 될 말이었다. 이런 저런 생각을 하며 나는 걸레질을 계속했다.

저녁 시간에는 입원실이 있는 병동에 밥을 날랐다. 나는 식판 하나하나를 배달할 때마다 "맛있게 드세요!" 큰 목소리로 힘차게 외쳤다. 편찮으신 분들께 조금이라도 내 밝은 기운이 전달되길 바라는 마음에서였다. 그렇게 밥을 다 배달한 후, 한숨을 돌리기도 전에 이번에는 깨끗이 비워진 식판들이 날 기다리고 있었다. 집에서도 내가 유일하게 의욕적으로 하는 집안일은 설거지가 아니던가. 설거지는 나의 주특기이므로 나는 무언가에 홀린 듯 그릇을 열심히 닦았다.

그렇게 짧은 봉사 활동을 마치고 봉사위원들과 병원을 나섰다. 함께 일할 땐 하나도 힘들지 않았었는데, 긴장이 풀려서인지 집에 돌아와서는 몸이 쑤셨다. 봉사활동은 매달 둘째 주 일요일마다 이루어진다. 앞으로는 좀 더 열심히 적극적으로 참여해야겠다는 생각이 들었다.

다른 사람에게 기쁨을 주는 사람

아빠는 언젠가부터 영화 봉사를 다니셨다. 일 년에 봄 가을 두 번씩 평소에 영화를 볼 기회가 적은 장애인들에게 영화를 보여주는 일이었다.

한번은 나도 아빠와 함께 가게 되었는데, 준비하는 데만도 한 시간이나 걸렸다. 아빠와 인천영사기협회의 아저씨는 토요일 아침 일찍부터 각종 장비들을 챙겼다. 35밀리 영사기와 정류기, 2시간 30분용 필름 릴 2개, 300인치 스크린, 앰프, 스피커, 스크린 거치대 등 영화 상영에 필요한 모든 장비를 확인하고 1톤 차에 실었다. 그러고도 인천공항고속도로를 한 시간 가량 달려서 삼목도라는 선착장에 도착해 배를 한 시간 정도 더 타야 했다.

사람들은 배 위에서 갈매기들에게 새우깡을 마구 던져 주었는데, 살이 쪄서 통통한 비만(?) 갈매기들이 조금 우습기도 했다. 고기는 잡지 않고 배를 따라다니면서 새우깡만 얻어먹고 사는 웰빙형 중산층 갈매기 같았다고나 할까. 하핫. 그렇게 갈매기들을 지나쳐 도착한 곳은 장봉도였다. 옹진군 북도면 장봉리에 위치한 혜림원이라는 장애인 거주시설에 아빠는 2007년부터 영화 봉사를 해오고 계신 거였다.

혜림원 입구에 들어서자마자 그곳 사람들이 손을 잡고 인사하면서 반갑게 맞아 주었다. 자연 그대로의 아름다운 풍경에 사람들의 환영까지 더해져 나도 기분이 좋아졌다. 오늘의 극장은 바다가 내려다보이는 조용하고 아름다운 교회. 150명 정도를 수용할 수 있는 이곳 단상에 희고 넓은 스크린을 먼저 설치하고, 무거운 영사기까지 놓았다. 그리고 필름을 걸어서 화면과 렌즈 초점, 음향 등을 한 시간 정도 점검한 후에 영화 상영할 준비가 완료되었다.

장봉도에 내려앉은 어둠이 서해안의 붉은 노을을 삼키고 나자, 저녁 식사를 마친 혜림원 식구들이 하나둘씩 교회로 들어와 상영을 기다렸다. 어떤 사람은 아빠의 손을 꼭 잡고 놔주지 않으면서 아빠와 마주 보고 있으려고만 했고, 어떤 사람은 "아저씨, 오늘 무슨 영화 해요?"라며 같은 질문을 계속 반복하기도 했다. 자신의 등으로 계속 벽을 치며 불안정한 행동을 보이는 사람, 그곳 복지사에게 무턱대고 화를 내는 사람도 있었다. 그러나 이 모든 사람들도 창문 커튼을 내리고 빛을 차단하자 시선을 앞으로 모았다.

오늘 하루 영사기사인 아빠가 자기소개를 하면서 인사를 했다. 사람들의 박수 속에 아빠는 간략하게 영화에 대해 소개하고 이윽고 영화가 좀 더 잘 보일 수 있도록 완전히 전등을 껐다. 그리고 모두 함께 외치는 "하나, 둘, 셋!" 소리에 기다렸다는 듯이 화면에 황홀한 영상이 펼쳐졌다.

오늘의 영화는 애니메이션 〈샤크〉였다. 웃고 손뼉을 치며 집중해서 보는 사람들 사이에서 어떤 여자애는 우리 아빠만 바라보고 있었다. 아빠가 도망가지 못하게 붙잡고 있겠다는 듯 아빠의 손을 놓지 않고 있던 그 애는 "아빠!" 하며 내내 눈물을 흘리고 있었다. 아빠가 올 때면 그 애는 그렇게 영화는 보지 않고 우리 아빠의 손을 잡고 내내 운다고 했다. 자신의 아빠가 얼마나 그리웠으면……. 아빠는 그 소녀를 만난 후로 빠짐없이 이곳에 오는 거라고 했다.

상영이 끝나면 함께 영화의 줄거리에 대해 얘기를 나누었다. 사람들은 손을 들어 발표했는데, 비록 더듬대기는 하지만 이야기를 조리 있게 잘해서 나는 조금 감탄을 했다. 아빠 역시 그럴 때마다 놀랍고 기쁘다고 했다. 비록 보기에는 조금 낯설지만, 그들도 우리와 다르지 않다고. 우리와 똑같은 생각을 하고 똑같은 감정을 느낀다고 말이다.

이곳 사람들은 장식용 초나 수제 장식물 등을 공동으로 만들어 파는 등 나름대로 자립의 힘을 키워나가고 있었다. 복지사들을 비롯하여 도움을 주는 많은 사람들이 진정 아름다워 보였다.

하룻밤 자고 아쉬움과 미련을 남긴 채 돌아오는 길. 무거운 장비를 들고 나르는 아빠가 굉장히 큰 사람처럼 보였다. 늘 부지런히 35밀리 필름을 모으고 손질하는 아빠의 열정, 장봉도 혜림원의 천사들에게 기쁨을 주는 아빠의 모습이 내게도 감동으로 다가왔다. 나도 아빠처럼 다른 사람들에게 기쁨을 주는 사람이 되겠다는 다짐을 했다.

정보경 법무사 사무소를 열다

법무사 시험에 합격하고 3차 면접과 이론 연수 및 실무 연수를 모두 끝마치고 나자 내게는 꿀맛과도 같은 달콤한 휴식기가 찾아왔다. 동기들은 벌써 지방과 서울 시내의 법원·검찰청 근처에 하나둘씩 개업하기 시작했다. 나 역시 그분들의 개업식에 가서 사무실을 어떻게 차리게 되었는지, 비용은 얼마나 들었는지 여러 궁금한 것들을 질문했다.

그동안 내내 공부만 했고, 시험에 합격하고 나서도 연수다 뭐다 해서 정신없이 보낸 터라 사실 당분간 사무실 개업에 대한 생각은 없었다. 그런데 동기들이 개업하는 모습을 보니 부럽기도 하고, 지난 시간 열심히 공부해서 합격해 놓고서 이대로 있는 것은 인력 낭비라는 생각도 들면서 점점 개업에 대한 욕심이 생기기 시작했다.

사무실을 차린 사람들 대부분은 기존에 법무사 직원으로 일하던 친척이 있다거나 연륜으로 인맥이 있는 경우였다. 나같이 나이도 어리고 대학도 안 가서 사회 경험이 적은 사람이 일을 시작해서 잘할 수 있을까? 의뢰인이 오긴 올까? 누군가 내게 일을 맡길까? 두려운 마음이 나를 가로막기도 했다.

하지만! 무언가를 해야겠다고 다짐하는 순간 늘 그랬던 것처럼, 이번에도 역시 왠지 모를 자신감이 맘 한구석에서 솟구치기 시작했다. 내가 처음 공부를 시작할 때도 주변에서는 반신반의하는 태도를 보이지 않았던가. 아니, 반신반의도 과하다. '공부는 아무나 하나' 하며 무시했었다. 심지어 친척들까지도 안 될 거라면서 고개를 저었지만, 지금 나는 법무사 시험에 합격하지 않았나. 뭐든 마음먹기 나름이다.

일을 실제로 하는 것은 나고, 일거리가 없어서 부진하더라도 그것 역시 내가 감당하고 극복해야 할 내 몫이다. 처음 내가 시험에 합격하고 나서 같이 합격한 동기생들 중에 꽤 많은 사람들이 내게 로스쿨에 가서 변호사 자격증을 따거나 법원직 공무원 공부를 할 것을 추천했었다. 그 이유는 "네가 아무리 시험에 합격했어도 사무실을 열기엔 무리다. 일단 사람들이 생각하는 법무사는 나이 많고 점잖은 이미지인데, 너같이 어린 여자애에게는 일을 맡기지 않을 거다"는 것이었다. 물론 일리 있는 말이다. 나처럼 어리고 당돌한 여자한테 많은 재산이 관련된 중개에 관한 등기 등을 선뜻 맡기긴 좀 고민될 수도 있겠다.

하지만 오래전에 시험에 붙어서 이미 어느 정도 궤도에 오른 법무사님들도 물론 일을 잘 처리하겠지만, 나는 그분들이 시험에 합격할 때보다 훨씬 더 어려워진 지금 시험에 합격하지 않았는가! 시대가 변할수록 대법원 판례는 계속 바뀌고 추가된다. 기존의 판례 이론은 더욱더 어려워지고 복잡해지는 게 사실이고, 이런 무한경쟁 사회에서 법무사 시험 난이도 역시 최근 많이 높아졌는데, 나는 그 시험에 당당히 합격한 것이다. 그렇기에 이론적으로 좀 더 전문화되고 세밀한 법률지식을 갖고 있다고 위안하고 싶다. 그분들보다 내가 실무 경험이 적은 게 흠이라고 볼 수도 있지만, 내게는 젊고 뜨거운 열정이 있는 것이다. 그러므로 나는 지금껏 그래왔듯이 묵묵히 내 길을 걸어가고 싶다.

그리하여 5월 중순부터 개업 준비를 시작했다. 개업해야겠다고 결심이 선 순간부터 직접 발품을 팔며 매일 법원 근처의 공인중개사 사무실로 출근했다. 드디어 좋은 자리가 나오고, 입주하기로 결정했다. 쇠뿔도 단김에 빼라고 인천지방법무사협회에 달려가 정식으로 법무사로 등록했다. 사무실에 놓을 각종 집기와 컴퓨터, 책상 등을 구입하고 엄마의 인맥을 통해 믿을 만한 사람들을 고용하기로 결정하면서 점점 개업이 다가오고 있음이 실감이 났다.

2012년 6월 1일! 마침내 '정보경 법무사 사무소'라는 간판이 걸린 사무실을 열었다. 주변 동기들은 나의 이런 모습에 부러움(?)을 표하기도 했다. 어떻게 개업할 생각을 하냐며 신기해 하고 놀라워 했다. 나 역시 막상 사무실을 차리는 걸 실행에 옮기고 나니 일이 안 들어올까 봐 겁나기도 하고, 의뢰인이 와서 상담을 하는데 대답을 제대로 못할까 봐 걱정되기도 한다.

앞으로 법무사로서 일하면서 내게 얼마나 많은 시련이 올지, 그래서 내가 얼마나 좌절하게 될지 모르겠다. 하지만 부딪쳐야 상처가 나고, 그 상처가 아물면서 새살이 나는 거라고 생각한다. 시작부터 쫄기만 할 수는 없다. 그것은 나에 대한 예의가 아니니까. 도전하고 깨지면서 성장해 온 내 삶에 대한 예의로 나는 기분 좋게 법무사 사무소를 열었다. 법무사로 일하면서 나 같은 사람도 꾸준히 노력하면 빛을 볼 날이 있다는 것을 사람들에게 보여주고 싶다.

지난 4년여 동안 나는 철저히 나 자신과의 싸움을 해왔다. 그리고 그 싸움에서 지지 않으려 하다 보니 나 자신을 돌아볼 기회조차 갖지 못하고 무조건 앞만 보고 달려온 것 같다. 주변을 돌아볼 여유 또한 없었다. 남을 배려하지 못하고 오직 목표를 이루기 위해 철저히 이기적으로 행동한 적도 많았다. 결국 난 역대 최연소 법무사라는 타이틀을 거머쥐면서 남들 보기에 부럽고 자랑스러운 결실을 얻었지만, 나의 내면에 있던 또 다른 나의 모습들을 잃어버렸다는 아쉬운 마음도 들었다. 그래서 지금껏 잃어버렸던 내 안의 또 다른 나를 찾으려고 한다.

어떤 개그맨이 방송에서 이런 말을 했다. "내가 비록 삼류 개그맨이고 인기가 없더라도 예전에 나와 같이 연습했지만 공채에 떨어진 친구들은 나를 자랑스러워 한다. 지금은 다른 일로 많은 돈을 벌며 살아가고 있는데도, 가끔 옛 추억에 잠기며 꿈을 이루며 사는 나를 부러워하는 것이다."

나 역시 "텔레비전에 내가 나왔으면 정말 좋겠네"라는 노래 가사를 들으며 내가 텔레비전에 나오면 어떤 기분이 들까 상상했던 지난날이 있었다. 그 상상이 그저 추억으로 남게 하기보다는 현실이 되게 만들고 싶다. 많은 사람들이 꿈꾸는 것이 아름답다고들 말하지만, 나는 그 꿈이 추억으로 남는 것보다 그 꿈을 이루기 위해 현실에서 노력하는 모습이 더 아름답다고 생각한다.

그래서 나는 방송인이 되고 싶다. 나를 알리고 싶다. 특히 예능 프로그램에 출연하고 싶다. 어떻게 보면 법무사라는 직업과 예능 프로그램은 어울리지 않을 것이라고 생각하는 사람도 많겠지만, 나는 그런 편견을 깨고 싶다. 내가 지금 안 될 거라는 생각들을 깨고 법무사가 되었듯이 법조인을 늘 어렵게만 여기는 사람들에게 '이런 법무사도 있어요' 말하고 싶다.

사실 내 주변 사람들은 가끔 내가 개그맨 같다고 말하기도 한다. 너처럼 빵빵 터뜨리는 애는 못 봤다면서. 그런 말을 들을 때면 나는 기분이 좋다. 나를 보고 웃는 사람들을 보는 것은 그 어떤 것보다 큰 기쁨이다.

난 방송인이 되어 많은 사람들에게 웃음을 주고 싶다. 많은 돈을 벌고 싶기도 하다. 그리고 그 돈을 오직 나를 위해 사용하기보단 나보다 더 어려운 사람을 위해 사용하고 싶다. 특히 꿈이 있어도 금전적인 사정 때문에 꿈을 포기하는 사람들의 열정이 사라지지 않도록 하는 데에 사용하고 싶다. 무엇보다 나는 나로 인해 많은 사람들이 용기를 얻었으면 좋겠다. "정보경? 최연소 법무사 합격자라고?" "쟨 뭔데 방송에 나오는 거야? 그래도 열심히 하는 것 같네?" 특별할 것 없는 내가 열심히 하나 하나 이루어가는 모습을 보며 '아, 나도 포기하지 않고 노력하면 되겠구나' 희망과 용기를 얻는 누군가가 있다면 정말 좋을 것 같다.

지금까지 나의 지난날을, 그리고 앞으로의 마음가짐을 있는 그대로 썼다. 철없는 나의 행동이나 솔직한 내 욕망에 대해 누군가는 또 나쁜 얘기를 할 수도 있겠지. 하지만 다른 사람의 마음에 들기 위해 내 얘기를 거짓으로 꾸며 쓰고 싶지는 않았다. 그런 건 나 정보경과 어울리지 않으니까.

지난 23년의 짧은 자서전을 쓰다 보니, 이제 조금은 내가 어떤 사람인지 알 것 같다. 아마도 지금까지 그래왔듯이 앞으로의 인생에서도 난 여러 일에 도전할 것 같다. 항상 뜨겁게 도전하고, 결과가 어쨌든 간에 후회하지 않고, 그 결과마저도 사랑하면서. 누가 뭐라 해도 자신이 하고 싶은 일을 하기 위해, 자신이 세운 목표를 이루기 위해 열정을 갖고 노력하는 모습은 멋지다고 생각하니까. 내 남은 인생이 지나온 인생보다 더 알차게 빛날 수 있도록 오늘도 정보경, 파이팅이다!

시작하는 여행자여 안녕
언젠가 우리 다시 만날 때

행운을 빌어줘요 웃음을 보여줘요
눈물은 흘리지 않을게, 굿바이
뒤돌아서지 마요 쉼 없이 달려가요

노래가 멈추지 않도록
수많은 이야기
끝없는 모험만이
그대와 함께이길

안녕 고마웠어
짧았던 너와 나의 계절
끝은 또 하나의 시작

_페퍼톤스, 〈행운을 빌어요〉 중에서

Jung Bo kyung